SV

Angela Krauß
Wie weiter

Suhrkamp

Druck: Freiburger Graphische Betriebe, Freiburg
Printed in Germany
Erste Auflage 2006
ISBN 3-518-41824-6

1 2 3 4 5 6 – 11 10 09 08 07 06

Wie weiter

Du, der Du alles weißt!
Wenn nicht, ich fass nochmal zusammen: Hier bin ich. Das Kaiserspiel auf der Bettdecke. Unten die spitzen Schuhe. Auf dem Scheitel der Abdruck eines Gedankens. Soviel zu meiner Person.
Die liebe weite Welt ringsum: voller Erscheinungen in Rock und Hose, voller Lebensstücke und Tausendfüßler aller Art. Drüben der Wärter hat dunkle Lokken und trägt einen blattgrünen Overall; ich kann meine Augen nicht von ihm wenden. Die Formation der größten Lebewesen nimmt vor ihm Aufstellung. Weiter rüber! Weiter runter! Ein Stück höher! Noch höher!
Wie weit denn noch?
Die Elefanten trompeten immer zur vollen Stunde. Der Wärter trägt ein Holzstöckchen in der Hand. Jetzt beginnen sie mit den Köpfen zu schaukeln, und der Wärter macht sich in ihrem Rücken an der Eisentür zu schaffen. Das außenstehende Tier hebt zierlich den Fuß, vorher hatte es das Kopfschaukeln unterbrochen. Der Wärter greift nach dem Telefon in seiner Gesäßtasche, während er um die Elefantengruppe herumgeht. Als er anfängt zu sprechen, wird er langsamer. Jetzt bleibt er stehen, spricht mit Unterbrechungen in das Gerät, und die Gruppe vor ihm

nimmt zögernd das Kopfschaukeln wieder auf. Wieder das äußere Tier hebt den Fuß, wechselt auf den anderen, hält dabei konzentriert den Wärter ins Auge gefaßt, hält inne, hebt wieder mit dem Kopfschaukeln an, die in der Mitte schwingen jetzt die Rüssel steil vor dem Wärter in die Höhe. Dessen Locken verhängen Gesicht und Apparat, seine Finger spielen mit dem Zuchtstöckchen. Steht eine Züchtigung bevor? Die Elefanten mit den steil erhobenen Rüsseln suchen Blickkontakt mit dem Wärter, ebenfalls die beiden äußeren, von denen der eine das Kopfschwingen und der andere das Fußheben beibehalten hat, beide jedoch erscheinen wie die ganze Gruppe hoch geistesgegenwärtig, alles bereits im nächsten Moment auf ein Zeichen des Wärters hin zu unterbrechen.

In Freiheit wüßtet ihr weiter! rufe ich durch das offene Fenster hinüber. Ich muß sie beruhigen; ich kann ihre Verwirrung nicht ertragen, sie haben zuviel Kraft, um ratlos sein zu dürfen. Schön sind Libellen, wenn sie in der Luft kurz und fragend innehalten. Was größer ist, beunruhigt in diesem Zustand, alles ganz Große alarmiert. Was Masse ausmacht! Gleich gerät ein Kontinent aus dem Gleichgewicht. Ich merke sofort, wenn etwas nicht stimmt. Sie fangen dann alle auf einmal an zu schreien, zu fauchen und zu brüllen. Mit Vorliebe nachts. Wenn ihnen danach ist, brüllen sie die ganze Stadt zusammen, die seit hundert Jahren ihren Horizont begrenzt: ein mitteldeutscher Flecken in den Weiten ihrer afrikanischen Savannen. Ich aber sitze dann mitten in der Nacht kerzengerade im Bett und weiß nicht weiter. Wen soll ich wecken?

Mein süßer Schlafgefährte weiß von nichts. Er träumt sich durch sein Nachtepos, eine mannhafte Welt, hinter flirrenden Lidern schlägt er sich hindurch. Weil ich nicht sicher erkennen kann, auf welcher Seite er gerade angelangt ist, hüte ich mich, ihn zu wecken. Er kämpft wahrscheinlich mit wilden Tieren oder, falls er in seinem Entwicklungsroman schon weiter ist, reitet voll aufgerüstet und mit Standarte auf einen Ritter zu, dem er gleich das linke Auge ausstechen muß. Am Tage ist er beherrscht und weigert sich zu streiten. Ich sehe ihm nur im Schlaf an, daß es ein großes Heldenepos ist, durch das sein Nachtlebensweg führt, steinig, gefährlich und jahrein, jahraus immer weiter.

Mein Leo dagegen ist um die Mitternachtsstunde stets hellwach. Er ist zu einer Zeit bereit, wenn ich andere erst wecken müßte. Ich wähle dann seine Nummer und höre, wie mein Ruf sich durch die Weite gräbt. Wie Nebel, so nimmt die Entfernung an Dichte zu, mein Ruf wird immer langsamer, ehe er endlich bei Leo ankommt. Er hebt den Hörer von einem Telefon an der Wand, das aussieht, als hätte er es bei seiner Überfahrt nach Amerika mitgeführt.
Leo ruft sein fröhliches Helouu?

Wie weiter? flüstere ich flehend in den Hörer.
Ganz einfach, darling, erwidert er mit seiner brüchigen, lächelnden Stimme.
Sag mir wie!
Mach irgendwas, eine beliebige kleine Handlung, als ob du würfelst.
Und dann?
Die Lage ist verändert. Augenblicklich wirst du wieder neugierig, das reicht. Neugier ist die ursprüngliche Art weiterzumachen. Deshalb geht es ganz leicht, geradezu von allein.
Jetzt gleich?
Immer! Sobald es nicht mehr weitergeht, immer wieder. Bis zum Schluß, darling.
Leo ist der einzige Mann, von dem ich mir diese Anrede gefallen lasse, sie ist mir nicht peinlich. Mit Leo würde ich kiloweise Chips auf der Couch vor dem Werbefernsehen kauen, nur weil Amerika ihm vor einem Dreivierteljahrhundert das Leben gerettet hat. Glaube einem, der es bis hierher geschafft hat, darling, alles ist in Bewegung. Wenn's stockt, ist man's jedesmal selbst.
Weiter! flüstere ich hinüber nach Amerika, sprich weiter!

Toma muß her! Nichts würde die Lage so sehr ändern, als wenn Toma jetzt in der Tür stände. In Langfellstiefeln. Von meinen drei Liebesmenschen ist sie derjenige, der sich am weitesten von mir entfernt hat. Wir Russen sind Nomaden, wir hängen an nichts, hat sie so nebenbei gesagt, als wir uns auf einem kleinen Flughafen im Ural das erstemal begegneten. Dieser Satz, ihre schwarzen Augen und der stolze tatarische Vorfahr, der mich aus ihnen anblickt, fesseln mich seitdem an sie, die sich immer weiter von mir entfernt hat, weiter nach Osten, gegen die Westwanderströme zieht sie immer weiter nach Osten und ist jetzt in Sibirien angekommen.

In Sibirien kannst du nicht ankommen, hat mich Toma zurechtgewiesen, in Sibirien kannst du verlorengehen, du kannst in schneeweißer Weite vorwegnehmen, was dir irgendwann im Dunkeln unter der Erde ohnehin geschieht.

Ich sitze dann im Bett, und die Elefanten hören allmählich auf zu brüllen, ich sehe Toma in der Schneewüste ihr Nomadenzelt aufschlagen und wilde Tiere um ihr Lager streichen. Noch sind sie weit weg.

Gleich hier gegenüber beginnt ihr Terrain, ich kann vom Fenster aus hineinsehen. Der Wärter hat schöne Locken, die er manchmal zu einem Pferdeschwanz zusammengebunden trägt. An einem anderen Ort hat ein Elefant einen Wärter an der Wand zerdrückt, vielleicht hat dieser hier davon gehört? Vielleicht wissen es auch die Tiere, die er beaufsichtigt? Alle werden sie es wissen; es verbindet sie. Dennoch trägt der Wärter jeden Mittag eine Plastikbox mit chinesischem Essen über die Straße, wie die Praktikantinnen, der böhmische Restaurator und der blinde Physiotherapeut. Der Tierpfleger läßt sich nichts anmerken von der Gefahr, in der er schwebt. Er bewegt sich genauso sicher wie der Physiotherapeut. Alle gehen sie mit ihren heißen Aluboxen in verschiedene Richtungen davon, biegen um die nächste Ecke, verschwinden hinter der Tür nebenan und wissen angeblich, wie es weitergeht.

Eines Morgens hatten sie einen Toten im Eisbärenbecken gefunden. Die zwei Eisbären schritten erhaben auf dem Felsgrat hoch über dem Becken entlang, während hinter ihnen das Morgenrot in den blanken Himmel stieg. Unten im Wasser schwamm ein toter Mann, er war schwarz.

Die Zeitungen hatten es nicht geschrieben, daß er schwarz war. Auch ich habe es so nicht weitererzählt. In Worte gefaßt schien es etwas zu bedeuten, aber was? Das Ganze machte verlegen; man verschwieg es taktvoll.

Afrika ist von allem am weitesten weg. Es gibt nur Symbole, Zeichen, die uns an Afrika erinnern sollen, das wir nie erfahren haben, Tiere und hin und wieder ein Mensch. Einst habe ich neben einem Afrikaner gesessen, in einer U-Bahn. Ich habe vergessen in welcher Stadt. Ich vergaß es genau in dem Moment, da er sich neben mich setzte. Ich wußte im selben Moment nicht mehr, wo ich mich gerade befand. Neben mir saß ein Afrikaner in einem grauschwarzen Kapuzenanorak. Die vier Stationen, bis er ausstieg, rührte er sich nicht. Von der Kapuze liefen die ganze Zeit Regentropfen über Schultern und Ärmel.

Wann hatte der am Morgen tot aufgefundene Mann das Gehege betreten?
War es nach Eintritt der Dunkelheit?
Warum?
Um vollständig in die Umgebungsfarbe einzugehen?
Leuchten die Eisbären im Dunkeln?
Hat er sie also gesehen, sie ihn aber nicht?
Wollte er das?
Hat er gehofft, ihnen durch seine Hautfarbe zu entkommen?
Was hat ihn nachts in das Eisbärengehege getrieben?
Wollte er sehen, was weiß ist?
Um es mit dem Leben zu bezahlen?

Das führt nicht weiter, hat Leo gesagt, der unter Schwarzen lebt und mich eines Tages nach Harlem ins Theater geführt hat.
Toma lädt in einer verlassenen sibirischen Armeesiedlung ihren Akku wieder auf und sendet mir eine Nachricht. Sie ist überzeugt, jener Mann mußte herausfinden, wohin er geraten sei, wozu ihm der Alltag in einer europäischen Stadt nicht verständlich genug

Auskunft geben konnte, deshalb suchte er eine magische Handlung, um zu verstehen.
Ganz so wie ich, meine Liebste! schreibt sie mir aus einem einsamen Plattenbau, durch den der Eissturm fegt.
Roman neben mir habe ich in seinen Heldenkämpfen gelassen.
Meine Liebesmenschen soll ich nie überfordern, hat mir meine Mutter schon früh aufgetragen, weshalb mehrere stets besser seien als ein einziger.
Der Afrikaner ist mir im Moment einfach zuviel.
Die Elefanten reichen mir vorerst aus. Ich sähe es gern, daß ihr Wärter sein Telefonat beendet und wieder die Führung übernimmt, wie sie es gewöhnt sind. Die Konfusion unter so mächtigen Wesen löst nur Unruhe aus, sie könnte gefährlich werden. Ich kann diesen Kontinent vorerst nur als Gehege zur Kenntnis nehmen, mehr nicht.

An Wochenenden bin ich zwei Stunden weiter als Roman, der Langschläfer ist, sechs Stunden weiter als Leo, den ich sogar jetzt wecken dürfte, und sechs Stunden ist mir Toma voraus. Ich weiß die beiden Männer im Schlaf, die voneinander wissen, aber einander nicht kennen. So habe ich sonntags genau zwei Stunden Zeit, ohne Einspruch, Kommentar oder Verführung zu klären, was das hier werden soll. Meine Mutter hörte früher zu diesem Zweck jeden Sonntag die Übertragung eines Gottesdienstes im Radio. Ich weiß also seit meiner Kindheit, wie ein Sonntagmorgen beginnt: mit der Vergewisserung, ob wir uns verlaufen haben. Und wie weit.

Auf dem Weg ins Bad kommt mir Kastanorka entgegen. Ihre schweren Beine lassen mich ahnen, daß sie von den Elefanten abstammt: Sie ist entwicklungsgeschichtlich ein Elefant, der mit mir leben möchte und verstanden hat, daß er dafür in eine kleine Schachtel passen muß. Wenn sie mir entgegenkommt, werde ich verlegen. Als hätte ich sie zu dieser hilflosen, steifen, unnatürlichen Aktion genötigt. Es klappert und scharrt auf dem Parkett, sie rutscht rückwärts, wird abgedreht und richtet sich mühselig wieder auf mich aus. Ich weiß, daß sie das eine Stunde so fortsetzen kann, wenn ich in der Nähe bleibe; sie führt mir ein unbeholfenes Stück über Beharrlichkeit, Treue und Geduld vor. Ich hocke mich hin, streichle ihre seidenzarte Kehle und spreche: Ich bin sündig. Den Satz, den meine Mutter als Mädchen jeden Sonntagmorgen in der Kirche sprechen mußte und nicht verstand. Ich dagegen ahne, wovon die Rede ist: Wer liebt, liebt nie genug.
Dann hole ich ein Spitzwegerichblatt aus dem Kühlschrank und tische es der Kastanorka auf, sehe zu, wie sie ihren feinen Kieferabdruck als Negativ auf dem Blatt hinterläßt. Gott, sage ich, danke!

So beginnt der Sonntag, von dem die einen sagen, daß es der Höhepunkt der Woche, die anderen, daß es bereits der Abgrund dahinter sei.

Auch weiter drüben, hinter der Grenze zu den Wildtieren, schmatzen und mahlen sie nun unter den Augen der allmählich eintrudelnden Besucher, manche von ihnen sind von weiter her angereist, mit Wägelchen für jung und alt, mit Kameras, Sonnen- und Regenschirmen. Was suchen sie hier, wo nichts auf sie zugerichtet ist? Außer Bänken, Fenstern mit Panzerglas und Aussichtsplattformen, die ihnen die Aussicht auf Lebewesen möglich machen, die an ihnen nicht interessiert sind. Ich beobachte sie schon lange, ich sehe sie in Familienverbänden ankommen, in der Erwartung von Spaß, Unterhaltung, etwas Ablenkung, ich sehe sie ihre Kinder aus den Wagen heben, ihre Urgroßmütter in eine bequeme Position bringen, zum Schauen. Es vergeht eine halbe Minute, die sie brauchen, um die Totale zu erfassen, deren Gliederung und ein Zentrum, wo etwas passiert, eine kleine Jagd, eine Fütterung. Jetzt heben sie entweder eine Kamera vors Gesicht, um das Registrierte abzufilmen, oder aber sie stehen mit unbedecktem Gesicht da. Ich sehe mir das nun schon lange an: Wie sie zu ahnen beginnen, warum sie gekommen sind. Wie sie, ohne recht auf die Fragen der Kinder zu hören, wortlos dastehn, auf unvorhergesehene Art allein. Während ihr Gegenüber, indem es im Gras schnüffelt, auf einem Bein steht oder sich im Pelz laust, immer, und ohne zu zögern, etwas Wesentliches tut. Es hat keine Wahl unter artfremden Unternehmungen. Es kennt offenbar überhaupt nichts anderes als Wesentliches. Ich sehe es den Zoobesuchern an: daß sie daran erinnert werden und nicht weiterwissen.

Weißt Du es? Du weißt es, versprich es mir! Du hältst Dich vielleicht nahe einem Ort auf, wo Du alles gleichzeitig sehen kannst, bitte mach mir die Freude! Sonst könnte ich Dich gegen jeden meiner Zeitgenossen eintauschen; all die Alltagstauglichen, ich benötige keine weiteren. Ich brauche Dich, mein Unfaßbarer!

Sieh die Lebenslage der Königsgeier, die in ihrer imposanten Voliere hin- und hergleiten! Es ist ein Prachtbau der vorletzten Jahrhundertwende, eine Augenweide! Er hat die Form eines halben, in der Länge geteilten Eis aus Drahtgeflecht, von nur vier eisernen Rippen durchzogen, unter dem sich eine Landschaft mit Felsen und Bäumen entfaltet hat. Die Greife sitzen die meiste Zeit gut versteckt im Laub oder in einer Felsnische, manchmal fliegen sie auf, legen eine kurze Strecke zurück, ein Nichts, gemessen an den Weiten, für deren Überwindung die Natur sie ausgestattet hat, und lassen sich ohne merkliche Enttäuschung wieder in den Bäumen nieder. Ihr Gleichmut

ist niederschmetternd und vorbildlich. Sie stellen sich offenbar keine Fragen weiter, sie haben die Grenze des Denkens erkannt. Sie können sie sehen! Und dann und wann müssen sie die bleichen Fußsohlen eines entkommenen Artgenossen auf ihrem gewölbten Horizont erblicken, ganz oben: ein Paar geschuppter Läufe. Welch ein Anblick! Wie sich die Füße des Freien vorsichtig, aber nicht unsicher, mit unnachahmlicher Grazie über die Rundung des Eis tasten, innehalten und der Kopf sich mäßig interessiert einem Loch in den Maschen nähert. Er observiert die Niederungen. Einen Seitenwechsel zieht er nicht in Betracht. Und wir hier unten? Es scheint wohl nicht geplant, daß wir das Ganze zu Lebzeiten einmal überschauen dürfen, um uns ein Bild zu machen.
Ich bitte Dich – wie denn dann weiter?

Das habe ich Roman nie gefragt, es würde ihn überfordern. Ich habe die Ermahnung meiner Mutter im Ohr: Erkenne, was dir ein Mann geben kann, um es dir in für ihn erschwinglichen Dosen schenken zu lassen. Eröffne ihm nur klar umrissene Ausschnitte deiner Sehnsucht, gib ihnen eine konkrete Form, die er begreifen kann. Halte das wahre Ausmaß deiner Erwartungen geheim. Es liegt jenseits seiner Möglichkeiten.
Wie anstrengend! Muß ich so alt werden wie meine

Mutter oder ein Herz haben wie der liebe Gott, um den Preis der geglückten Liebe zu erringen?

Vor zwei Jahrzehnten trat Toma in mein Leben, auf einem kleinen Flugplatz im Ural, der aus dem Schnee geschaufelt worden war, mitten in der Nacht. Auf diesem Leuchtfleck in der Dunkelheit des sowjetischen Territoriums war unser Flugzeug gelandet, von ein paar letzten übermütig trödelnden Flocken umtanzt. Benommen und scheu trippelten die Passagiere, einer nach dem anderen, durch den Schneekorridor, die so plötzlich über ihnen aufgespannte unfaßbare Weite des nächtlichen Firmaments verstörte alle. Rasch verschwanden wir in dem sternförmigen Bau, sammelten uns innen, die weiblichen Fluggäste formierten sich sofort zu einer Schlange, die sich durch die kleine Halle auf die Toiletten zuwendelte, um an einer Schwungtür abzubrechen, hinter der sie sich in einen langen saalartigen Raum hinein fortsetzte. Hier, auf einer Reihung von Podesten, von taillenhohen Türchen halb beschirmt, thronten sie, die prachtvollen Sowjetfrauen: Turkmeninnen, Tscherkessinnen, Abchasinnen, Agraringenieurinnen, Brigadeführerinnen, Doktorinnen der Akademie der Wissenschaften, Kolchosbäuerinnen, Vorsitzende des Dorfsowjets, Diensthabende, Stewardessen, sämtlich in den betreßten Gewändern ihrer Nationalität und ihres Berufsstandes, erhabene, erschöpfte, machtge-

wohnte Kommandeurinnen ihres kraftraubenden Alltags.
Mich traf ein Blick aus schwarzen tatarischen Augen. Spöttisch erwartungsvoll, ob ich der ungewöhnlichen, Schritt für Schritt heranrückenden Präsentation, dieser unmittelbaren Zukunft gewachsen sei.

Die Zukunft! Du Lieber, hat man sie uns als Spielzeug in die Wiege gelegt? Wir greifen noch genauso täppisch nach ihr wie damals, immer knapp daneben! Jahrzehntelang läßt sie auf sich warten, tut sich auf Spruchbändern kund, um dann wie eine alte Knallkörperfabrik zu explodieren.

An der Jahrtausendwende bin ich Leo begegnet. Ich stand auf der oberen Plattform des höchsten Turms, er wiegte sich wie sein Zwilling, beide schwankten sie ihrer nahenden Zukunft entgegen, und ich blickte hinunter, alles lag in weißem Dunst. Ich hatte so schnelles Verschwimmen nicht vermutet, solange ich unten stand und die Ramschläden am unteren Ende des Broadway noch scharf ins Auge und Ohr sprangen, Wühlgestänge und Warenkisten schoben sich in den Weg. Von oben aus zerrann alles und gehörte zusammen: ein fragiler Grund aus Kühnheiten, Gemeinheiten und manischem Irrsinn zu einem halbdurchsichtigen Nebel aufgeschäumt, auf dem die Türme sich wiegten. Leo war von hinten her neben mich getreten, nach einer Weile wendeten wir gleichzeitig unsere Gesichter einander zu. Ich traf das Auge, das über die Stadt sah, und wollte mich schon zurück in diese Richtung wenden, als er mich mit dem anderen festhielt. Ich fragte mich als erstes, was er jetzt sah. Ich stellte mir einen extremen Weitwinkel vor, an dessen Rand ich war. Ich fragte mich, ob er wie ein Tier die beiden gegenüberliegenden Seiten der Welt sehen konnte.

Das frage ich Dich, mein Verborgener, der Du alles weißt, und wenn nicht, so hast Du Dir hoffentlich schon länger als ich Gedanken darüber gemacht, das reicht. Du siehst jedenfalls die ganze Welt, also mußt Du auch wissen, wie man das anstellt. Zeig es mir bei Gelegenheit! Du warst vielleicht sogar vor allen da, noch vor Kastanorka, und die Liebe zu Kastanorka reicht noch weiter zurück als der Tag, an dem der Vorgänger von Roman mich über einen Bach hob. Ich habe sie einst lange und ängstlich aus gehöriger Entfernung betrachtet, ehe ich sie zu berühren wagte. Meine Fingerkuppe paßte genau zwischen die Ränder ihres Kiefers; ich hatte noch nie etwas so Zartes berührt. Sie schien mich prüfend aus ihrem Gehäuse heraus anzuschauen, ich lag bäuchlings vor ihr, dann streckte sie mir ihr Mäulchen hin, und ich legte meinen Zeigefinger unter ihre Kehle und streichelte sie. Wenn sie sich zurückzog, hockte ich mich hin und zählte hingerissen immer wieder die Achtecke auf ihrem Panzer nach. Jedes einzelne bestand aus sechs konzentrisch kleiner werdenden Achtecken: Wir waren gleichaltrig.

Jeden Tag trug ich damals die Kastanorka, die nicht größer war als meine Faust, in ihrer Pappschachtel in den Garten und setzte sie ins Gras. Sie bewegte sich sofort vorwärts drauflos, kaum hob ich sie an und drehte sie in die entgegengesetzte Richtung, lief sie in diese los. Sie verhielt sich wie mein kleines gelbes Aufziehauto; manchmal ließ ich sie auf den Platten am Haus gleichzeitig starten. Das Auto rammte die Hauswand nach einer Sekunde, es schaffte mehrere Neustarts, ehe Kastanorka vor der Wand innehielt und abbog. Ich streichelte sie lange, um sie über die Niederlage hinwegzutrösten. Dann setzte ich sie zurück ins Gras. Sie fraß nicht. Nichts von dem, was im Buch über Haustierhaltung stand: Salat, Petersilie, Tomaten, Breitwegerich. Sie fraß ausschließlich Spitzwegerich. Weiter nichts als Spitzwegerich, das gefiel mir nicht. Ich hätte gern eine ganz normale Gefährtin gehabt. Allerdings paßte so ein Spitzwegerichblatt gut zu ihr, es hatte die Form ihres kleinen Kopfes, es schien ganz auf sie zugeschnitten, rechts und links hing nichts aus dem Maul, sie biß zierlich und genau und hinterließ den Rest als feinen Scherenschnitt.

Diese Umrisse, überall verstreut liegen sie herum, mittelgroße und kleine, eckige, runde und vor allem halbrunde jede Menge, gefüllte und Hohlformen in allen Farben, dazu in sich gemusterte und: Ist es nur ein Gerücht, daß sie zusammenpassen, als ein Ganzes gedacht sind, und zwar weltweit. Oder nichts weiter?

Mein Erhoffter, stell Dir vor: heute am Sonntag, dem Tag der Besinnung, fällt mir nichts ein. Nichts zur Frage der Zukunft. Bis jetzt kann ich keinen vertrauenerweckenden Gedanken fassen, um mir die Zukunft vor mein inneres Auge zu stellen, wozu die Gegenwart kurzzeitig zum Stehenbleiben gebracht werden müßte. Ist dazu nicht der Sonntag erschaffen worden: Die Gegenwart bietet sich uns ruhig zum Anschauen dar, zum Gewahrwerden?
Sie denkt nicht daran!
So bin ich es wohl, die sie zusammensetzen muß, und bitte um Ruhe, um absolute Ruhe. Ich beginne die Sonntage mit einer Aufhäufung von Mikadostäbchen auf meinem Bett. Was einst ein Spiel war, die Einübung der Zartheit zur Wahrung des Gleichgewichts, heute ist es ein Beschwörungsakt!
Ich bitte um Stillstand, um Sammlung, um Verdichtung, um die Erfahrung der reinen Substanz! Ist das zuviel verlangt, wenn es um den Fortbestand der Menschheit geht, von den Tieren ganz zu schweigen? Wer denkt für uns alle?

Und so war die Lage an der Jahrtausendwende, ein Jahr bevor die Türme fielen: Ich befand mich mit Leo in höchster Höhe, im mächtigsten Land der Erde, wir überblickten dank seiner wunderlichen stark schielenden Augen alles, die schwerwiegende Welt mit ihren Brachialereignissen, die sich täglich in unser Hirn ergießen, unseren Grund aufwühlen und den Anblick von jeglichem eine Zeitlang ins Monströse verkehren, über das die spektakulären Wellen unserer Vorahnungen rollen. Und sobald sich alles gelegt hat, wiegt sich sanft in der Strömung der scharfe Umriß eines angebissenen Spitzwegerichblatts.
Wie weiter? fragte ich mit höchster Dringlichkeit auf den im Nebel schwimmenden Grund von Manhattan hin.
Leo schwieg freundlich; er war bereits so alt, wie Kastanorka einmal werden kann.

Früher war es immer von ganz allein weitergegangen.
Ein Früher ist: als ich klein war. Ein anderes: als meine Großmutter jung war. Noch ein anderes: als Krieg war. Das neueste Früher ist, als die Geschichte sich plötzlich weiterbewegt hat, und ich habe es gesehen. Damit hatte ich nicht gerechnet. Ich hätte nicht gedacht, der Weltgeschichte wichtig genug zu sein, daß

Suhrkamp Verlag / Insel Verlag

Name

Buchhandlung

Straße

Plz Ort

Verkehrsnummer

Antwort

Suhrkamp Verlag
Insel Verlag
– Herr Michael Prolingheuer –
Lindenstraße 29-35

60325 Frankfurt/Main

Uns interessiert Ihre Meinung!

Auch per eMail an prolingheuer@suhrkamp.de
Diese Karte entnahm ich dem Leseexemplar ______________________________

Vielen Dank!
Mit der Veröffentlichung meiner Meinung bin ich einverstanden O Ja O Nein

sie mich aus großer Nähe einen Epochewechsel erleben läßt. Genau in der Mitte meines Lebens.
Bis dahin war alles weitergegangen wie immer.
Frau Breiner hatte vier Kaninchen in der Wohnung gehalten und das fünfte ihrer sechs Kinder auf der Treppe verloren, wie sie sagte. Sie hatte einen ganz weichen Bauch, das ist heute selten. Die Kinder haben gern mit den Kaninchen auf der Treppe gesessen, zusammen mit den Arzttöchtern aus der vierten Etage. Frau Breiner war meistens auf Schicht oder kam bald von Schicht, Herr Breiner war überhaupt nie zu sehen. Das kleine Kürschnermeisterskind eine Etage tiefer wollte auch zu den weißen Kaninchen im Treppenhaus, entschlossen erklomm es eine Stufe nach der anderen, schließlich stand es lange stumm vor den herumrutschenden Tieren. Dann stieg es, fest ans Treppengeländer geklammert, wieder hinunter und hämmerte schreiend gegen die Wohnungstür. Im Geschäft der Eltern lag es gern stundenlang in den Körben mit noch unverarbeiteter Ware, wenn es sich langweilte oder ein bißchen nachdenken wollte. Von Zeit zu Zeit verließ ein Kunde mit einer Kaninchenfellmütze auf dem Kopf den Laden. Nun tat sich hinter diesen verträumten Stunden ein Abgrund auf.

Es muß immer weitergehen, hat Frau Anschmid oft gesagt, die beim Gehen Schmerzen hatte, die ich nur in pastellfarbenen Kleidern gesehen habe, meistens Jackenkleidern, und nie ohne Halskette. Ein zitronengelbes Jackenkleid trug sie, als sie zu mir auf der Treppe vom ersten Brandbombentreffer sprach, der die obere Etage ausgeräuchert hatte, auf der wir gerade standen und wo sie mir dienstags gern die letzten Familienereignisse aus dem Dallas-Clan zusammenfaßte, um sie sich selbst vor der neuen abendlichen Folge im Geiste aufzufrischen. Das Dach sei plötzlich aufgefetzt, darunter alles verkohlt, drei Brüder gefallen, ihr junger Ehemann vermißt, zwei kleine Kinder aus der verkohlten Wohnung gerettet. Sie hat davon nur das eine Mal etwas gesagt, als sie in dem gelben Kleid mit Halskette und Lackhandtasche auf der Treppe stand, sie duftete nach Tosca. Das ganze Haus war Ende der siebziger Jahre samstagnachmittags von diesem Duft erfüllt, er hatte längst die Grenze durchdrungen, aus schwäbischen Stadtcafés hatte er sich im Postpaket ostwärts tragen lassen, wurde auf Jahre verwahrt, um selten in kleinsten Portionen freigesetzt zu werden, deren Aroma dann eine Nachmittagsstunde lang im Treppenschacht verharrte, lange über die Zerfallszeit hinaus aber in der Erinnerung der Hausbewohner verweilte, der Erinnerung an eine ältere Dame, die dieses Haus vor dem Abbrennen gerettet hatte und nun samstags, ganz in helles Gelb gekleidet, auf schmerzenden Beinen die siebenundneunzig Treppen hinabstieg, auf dem Weg

zum Stadtspaziergang, wobei sie diesen Duft wie mit unsichtbaren Flügelschlägen verteilte.
Heute sind die Zitronenfalter fast ausgestorben.

Der Bauch von Frau Breiner wurde in den achtziger Jahren immer weiter. Es gab neun Wohnungen im Haus, in denen zwei Arztfamilien mit drei Ärzten und jeweils zwei Kindern wohnten, ein Rentnerpaar, ein Mutter-Tochter-Paar, eine Arbeiterfamilie mit acht Kindern, Frau Breiner mit sechs Kindern, die Kürschnermeistersfamilie, Frau Anschmid und ich. Es wurden immer mehr Kinder, nicht nur dank Frau Breiners weichem Bauch. Ihre Bewegungen und ihr Gang waren im Hoffnungszustand von einer lasziven Trägheit, auch ihr Augenaufschlag und darunter der Blick: verschwommen, wartend, was als Ganzes eine Wirkung ergab, die die junge Kürschnersfrau durch keinerlei Einübung hätte erreichen können. Auch die Ärztin trug eines Vormittags ein dick eingewickeltes Päckchen hochkant die Treppe herauf, ihr Mann folgte ihr mit einem Köfferchen. Niemand hatte ihr die neue Schwangerschaft angesehen.
Jetzt gab es achtzehn Kinder im Haus, und das Ende der Gesellschaftsepoche war noch vier Jahre entfernt.

Warum kann der Mensch nicht weiterdenken, habe ich Leo eines Nachts gefragt.
Was macht es so schwer, sich die Zukunft vorzustel-

len? Kaum versuche ich mir ein Bild von der Zukunft zu machen, erhebt sich eine Bodenwelle aus der Erde, die mir die Fernsicht verwehrt.
Leo hat drüben in Amerika an seinem Wandtelefon überlegt.
Und du, konntest du dir damals vorstellen, was auf dich zukommen würde, wenn du in Wien geblieben wärst?
Absolut nicht, erwiderte Leo.
Aber du hattest genügend Hinweise darauf, was passieren würde, nachdem ganz Wien Hitler auf dem Heldenplatz zu Füßen lag.
Nicht ganz Wien, sagte Leo.
Aber genug Wien, um sich ausmalen zu können, wie das weitergeht, sagte ich.
Absolut, meinte Leo knapp.
Und warum?
Wir haben alles gesehen, aber das Vorstellen war gelähmt. Das Gehirn scheint sich dem Schrecken zu versperren, es will keine Energie darauf verwenden, sich den Schrecken auszumalen, das scheint eine gewaltige Anstrengung zu sein. Selbst für die genialste Erfindung der Natur, für unser Gehirn, ist es offenbar unzumutbar, den Schrecken vorwegzunehmen. Er bleibt abstrakt. Wir vergessen ihn auch bald wieder, als Erfahrung erstarrt er zu einem Stein. Wahrscheinlich brauchen wir im eigentlichen Moment des Schreckens soviel Überlebensenergie, daß zum Vor-

stellen und Erinnern nichts mehr übrigbleibt. Vielleicht müssen wir ihn deshalb immer aufs neue durchmachen und lernen nichts, sagte Leo, weil wir ihn uns nicht vorstellen können.
Was ich mir vorstellen kann, ist eigentlich immer schon gewesen, bei Lichte besehen ist es gar nicht neu. Die Zukunft, falls sie wirklich etwas Neues ist, kann also gar nicht aus dem Kopf kommen. Aber woher kommt sie dann?
Aus einem Haufen Taten, wie ein Stapel Holz, der umgeschichtet wird, jemand rennt dagegen, oder ein Trecker rast rein, dann wird wieder sorgsam gestapelt und so weiter…
Als Kind habe ich mir immer gern die Zukunft vorgestellt, Leo!
Weil du keine Angst hattest, vor nichts.
Nein, weil Zukunft nur ein Wort für Märchen war oder für Weihnachten.
Du bist der wandelnde Beweis, baby, wir sind Kinder, was die Zukunft angeht, und bleiben es!
Und du?
Ich? Ich bin die mittlerweile etwas fragile Verkörperung unserer Intelligenz, gewissermaßen ihr Nachweis.
Und worin besteht der bitte?
Darin, daß ich überlebt habe, darling, sagt Leo und lacht mich über einen ganzen Ozean voller einsamer Schiffe in der Nacht hinweg an.

Toma war der Westen nie weit genug weg. Er war ihr zu klein und zu konkret. Sie kann nichts mit ihm anfangen.
Toma lacht nur, wenn sie vom Westen hört.
Selbst als der Westen noch Osten war, hat sie mich nur ein einziges Mal besucht, während ich sie dreimal besucht habe. Kaum war sie hier angekommen, um nicht lange zu bleiben, verliebte sie sich in einen Mann aus dem Westen, der zum ersten Mal zu Besuch im Osten war. Ein Niederbayer.
Es gelang ihr, seine Sprache bruchstückhaft auf das Deutsche zurückzuführen, ein Zusammenhang, aus dem die ganze Person erstand, verlor sich aber immer wieder. Der Bayer verstand gar nichts.
Ich schaute von einem zum anderen und sah, wie frei die Liebe ist, wenn alles fehlt, womit sie sich rechtfertigen ließe.
Er und sie schienen darüber hinaus keine Eigenschaften zu haben. Blitzschnell schlang sich ihre entschiedene Intelligenz in sein sanftes, träges Gemüt, ohne dort auf eine Gegenkraft zu treffen, statt dessen auf ein betörtes Erstaunen, einen langen bebenden Atemzug. Sie mußten sich wiedersehen, weiter, tiefer im Osten.
Eng umschlungen waren sie durch das Haus gestiegen, zwischen Frau Breiners Kindern und dem Kürschnerskind vor den herumrutschenden Kaninchen stehengeblieben, in die Knie gegangen und hat-

ten Geräusche mit ihren Mündern gemacht, die sich bei diesen zwei Fremden so wild und inbrünstig anhörten, als hätten sie keine andere Sprache.
Er machte sich Gedanken, wie das weitergehen sollte. Unter ihrem freien entschlossenen Blick zum Abschied gingen sie unter, ihm schien: zusammen mit ihm selbst. Beide suchten danach vorerst das Weite über die Grenzen der entgegengesetzten Himmelsrichtungen.

Es hätte auch ganz anders weitergehen können, nämlich daß Frau Anschmid mir weiter jeden Dienstag auf der Treppe die letzte Folge von Dallas zusammengefaßt hätte, als Rekapitulation vor der am Abend zu erwartenden nächsten Folge, so Woche für Woche weiter, Monat für Monat, was Jahre ergeben hätte, auf schmerzenden Beinen, stehend auf der Treppe, Lebensjahre, ohne daß jemand hätte überprüfen können, ob es das gibt: Dallas und diese Hüte.
So aber mußte ich nun Frau Anschmid am Dienstag auf der Treppe von den montäglichen Protestmärschen in der Stadt berichten, was sie regelmäßig mit der Nacherzählung der letzten Dallas-Folge abschloß, wodurch Gut und Böse am Ende unseres Treppengesprächs klar benannt werden konnten, während es zu meinen Revolutionsberichten noch keine Bewertung gab.

Toma erreichte ihre Heimatstadt jenseits des Urals, der Europa von Sibirien trennt, Mückenschwärme fielen über sie her. Die Natur führte sich auf, als müsse die Zurückkehrende, deren Ehemann sie erwartete, von irgend etwas überzeugt werden. Er erfühlte, was sie noch nicht wußte: Während sie noch einmal gemeinsam durch die Felder streiften, hatte sie schon die Ausläufer eines Bebens in ihren Zellen, dessen Auslöser alles oder nichts sein konnte, vorübergehend oder unwiderruflich, zufällig oder von alles mit sich reißender Gesetzmäßigkeit.
Bald darauf zog sie allein weiter: nach Moskau, nach Moskau!

In diesen Wochen begegnete mir Roman in einer Menschenmenge. Er ging in der ersten Reihe, seinem Heldenepos folgend. Wir wechselten einen Blick, der keinen zweiten nötig hatte. Schon im nächsten Moment befanden wir uns wieder mit Tausenden in einer Szenerie, die an Bedeutung vorerst nicht zu übertreffen war. Auch hatten wir uns alle an eine leibliche Nähe in den Montagsnächten gewöhnt, aufgeheizt durch Gefahr und Erwartung, Sprechgesänge, durch eine Erregung, die leicht an den Nächststehenden bindet. Wie überhaupt das verführt, im Nebenmenschen die Attraktion zu entdecken: das gemeinsam erlebte, erregende Ereignis. In welche Richtung bewegte sich jetzt die träge Geschichte?

Das zehntausendfache Rufen hörte sich an wie Laute tief unten auf dem Meeresboden. Als würden gewaltige Populationen von Tiefseetieren einander Signale senden, rhythmische Tonfolgen, die sich durch das kolossale Gewicht der Wassermassen hindurchdrängten, in der graublauen Dichte erstickten und von einer anderen Stelle her wieder anschwollen.

Der Arzt aus der dritten Etage operierte in diesen Nächten Versuchstiere für seine Habilitation, zusammen mit einer Assistentin, da seine Frau und Kollegin die gemeinsamen Kinder nicht allein lassen konnte. Sie bedauerte, durch ihre mütterliche Lebenslage weder an seinem Forschungsprojekt noch an den Revolutionsereignissen teilnehmen zu können, verlor aber jedes Interesse an beidem, als ihr Mann die Versuche regelmäßig bis nach Mitternacht ausdehnte. Von heute auf morgen erschien ihr sowohl der weitere Verlauf ihres eigenen Lebens als auch das aller anderen auf der Straße vollkommen offen. Das gab ihr vorübergehend sogar einen gewissen Halt.

Roman heftete Zettel voller zarter Schriftzeichen an Bäume und Lichtmasten in der Stadt; sie waren für mich bestimmt. Sie bildeten einen still beharrlichen Kontrast zu den Transparenten, die von jeweils zwei Menschen getragen und gegen den Wind gestemmt werden mußten, konnten sich aber nicht durchsetzen.

Ich suchte ihn und übersah sie. Dennoch ging ein sanfter Appell von ihnen aus, der mich unmerklich gefangennahm. Während die Nähe von Wildfremden inmitten des Wogens der Sprechchöre auf nichts Vorhersehbares schließen ließ, jedoch mit aller Wucht auf etwas hinauswollte, etwas, das sich niemand vorher hatte ausdenken können: Gewalt oder Gesang.

Umgehend flog ich zu Toma. Als Kind war ich stolz, wenn ich ein Kind in der Großen Sowjetunion zum Freund hatte. Nun wandte ich mich wieder blindlings in ihre Richtung, um zu sehen, wie es weitergeht. Toma öffnete ihren Pelz, nahm mich gefangen und führte mich in eine kleine Wohnung inmitten eines Moskauer Stadtteils aus Plattenbauten, es lag hoher Schnee, und der Schnee fiel weiter; auf einem Sportplatz zeigten Hunde ihre Kunststücke. Außer den strengen Lobformeln der Hundehalter war nur das Sirren des Schnees zu hören, das Seufzen des ewigen Zuschauers. Hier wohnte Toma nun mit ihrem Kind, einer Katze, einer Nachbarin aus der Zarenzeit und ihrem von all dem distanzierten Innenleben. Das Kind saß in der Küche und aß Mayonnaise. Es war langgliedrig wie Pinocchio und schaute mit seinem Engelsgesicht hinaus in den Schnee, während es Mayonnaise schleckte. In den Rohren fauchte noch immer der üppige und unentgeltliche Wärmestrom aus den Weiten der Sowjetunion.

War das alles? fragte ich.
Es war mal was ganz Neues, erwiderte Toma trocken, wir werden in die Geschichte eingehen, Liebste, seien wir darauf vorbereitet!
Wer hätte das gedacht, wunderte ich mich, solange etwas geschieht, kann man nichts erkennen. Um was zu verstehen, muß es erst zuende sein.
Das ist der Preis, erklärte meine Toma, überlegen wir also genau, wann wir etwas verstehen wollen und wann lieber nicht!
Die Geschichte will ich verstehen, sagte ich.
Die Liebe lieber nicht, meinte Toma.
Indessen sah ihr Kind mit seinem Engelsgesicht weiter hinaus in den Schnee, es zählte die schwangeren Frauen, es glaubte nicht, daß es weniger waren als im vergangenen Sommer, wenn auch die Pelze die gute Hoffnung vortäuschen konnten.
Die Nachbarin zur Linken lebte zwischen geerbten Prachtmöbeln und Prunkspiegeln und sammelte in Schubfächern und herumstehenden Kisten Schrauben, Nägel, alte Armbanduhren und alles mögliche draußen herumliegende Zeug, um für den bevorstehenden unbekannten Geschichtsabschnitt gewappnet zu sein. Der Nachbar zur Rechten hatte ein Drittel des Wohnzimmers mit Holzbrettern abgeteilt, wo seine Hündin inmitten von Decken und Kissen einen Wurf Welpen säugte. Die Gastfreundlichkeit der Nachbarn verlieh allem fast den Ausdruck von Glück

und Zufriedenheit, dazwischen hackte Toma skeptisch auf ihre alte Schreibmaschine ein.

Auf dem Roten Platz suchte ich nach Lenins gläsernem Sarg; der Besucherstrom war versiegt. Ich betrat die marmorne Halle und fand ihn mit seinen beiden Wächtern allein. Er lag da so allein wie noch nie in seinem langen Todesleben. Als ich von seinen Fußspitzen her zu ihm aufschaute, trat ein Rosenschimmer auf seine Stirn. Nun, da ich zu spät gekommen war, hatte ich ihn ganz für mich. Millionen vor mir hatten sieben Jahrzehnte lang nach Tagesreisen mit der Sibirischen Eisenbahn, nach achtstündigem Warten auf dem Roten Platz kurz und scheu zu ihm hingesehen, von seinen Wächtern vorangetrieben durch ein kaum hörbares, jedoch spürbares Zischen. Bis ich gekommen war. In einem günstigen Moment seiner Geschichte, sein Ruhm war am Verblassen. Er errötete.
Da lag der erste Tote, den ich betrachten durfte. Er schien weder tot noch lebendig, er war längst ein Kunstwerk. Dennoch ging der tiefste Frieden von ihm aus; wann war er eingetreten?

In ihrem alten Auto rasten wir durch die Stadt, das Engelsgesicht auf dem Rücksitz.
Mamotschka fährt wie ein wütender Mann! rief es begeistert.
Es ist die Stunde der Männer, siehst du, lachte Toma,

plötzlich wollen sie kämpfen und schießen und schön wär's, wenn sie Spanisch sprächen, das gäbe ihnen was Edles. Sonst schlafen sie. Unsere Frauen stehen in der Warteschlange nach Brot an. Das ist sie, unsere slawische Natur! Aber warte nur!
Ich?
Warte nur, Natur!
Toma lachte und sang und umsprang mit ihrem Moskwitsch alles, was sich uns in den Weg schob.
Halte nicht fest! rief sie mir zu. Es erschien mir lebensgefährlich.
Werde eins mit der Situation, wenn du überleben willst, das zeigt sie uns!
Wer denn? Ich klammerte mich an den Rahmen der Autotür.
Die Natur, unser Mütterchen, sang Toma, es ist Kampfzeit, Liebste, sei ein Mann!
Das Kind wollte nicht aufhören zu fahren.
Fahren wir durchs Große Sowjetland, Mama!
So weit, mein Herz?
Fahr mich! Ich muß alle Schwangeren zählen, bis an die Grenze zu China.
Nicht weiter, Herzchen?
Nein. Dort muß ich sofort aufhören.
Aber warum denn, Herzblättchen?
Ich werde sie nicht erkennen, die chinesischen Schwangeren.
Wieso nicht, sag!

Ich fühle es.
Unsinn! Warum nicht?
Das Kind schwieg, wie es schien auf unbestimmte Zeit.
Mamotschka?
Herztäubchen?
Werden es mehr chinesische Schwangere sein als sowjetische?
Hoho! trällerte Toma und riß beiläufig das Steuer herum, niemals, mein Herz, zähle weiter! Solange du zählst, werden es immer mehr sowjetische Schwangere sein!
Zufrieden lächelte das Engelsgesicht und ein bißchen verlegen.
Toma ließ den Motor aufheulen, in ungeduldiger Erwartung ihres zukünftigen Wagens.
Wir sind zu groß für eine Revolution, aber das ist doch schon lange bekannt! hatte sie mir zum Abschied über den Flugplatz hinweg zugerufen.

Weit oben im All holte ich tief Atem. Was ließ mich so sicher sein, daß die Fehlerquote unserer Entscheidungen mit wachsender Nähe zu den Gestirnen sinkt?

Roman stand nachts inmitten der skandierenden Menge und wartete auf mich; ich irrte trunken umher. Hier hatte sich alles verdichtet auf den Ring, der um die Stadt führte, um ihren alten Kern, hier baute sich als Spannung auf, was als Impuls durch das Land lief. Roman suchte an wechselnden Plätzen nach mir, in drängenden Pulks, in Menschenketten, unterdessen überließ ich mich dem lang ersehnten Schauspiel, dem dahinschießenden Strom der Geschichte, um einmal in ihm verlorenzugehen, ehe er vielleicht wieder für Jahrzehnte erstarren würde. Roman fischte mich mit dem zweiten Blick heraus, faßte nach meiner Hand und zog sie mit einem behutsamen Zug in sein Hemd und an sein Herz, wo sich augenblicklich winzige spitze Zähne in sie verbissen. Kleine Zierbisse mit zartem, entschlossenem Fauchen.

Vorsicht! mahnte meine Mutter, das kann auch ganz falsch weitergehen! Das ist schon mal ganz falsch weitergegangen, und dann dauert es immer gleich ein halbes Menschenleben. Nur weil es mit welchen durchgegangen ist.
Mit welchen? wollte ich wissen.
Es gibt immer welche, laß sie nur in der Masse sein, mit denen geht es eben leicht durch.
Und welche?
Das weiß keiner vorher, das ist es eben.
Wie? Ist das alles, was du zur Geschichte zu sagen hast?
Nun ja, antwortete meine Mutter, als wäre ihr die Weltgeschichte peinlich.

Paß gut auf, hatte sie hinzugesetzt, du könntest es selbst sein!

Leo hat gesagt, wer nicht weiterweiß, sollte eine beliebige kleine Handlung vollziehen. Sie verändert die Situation. Diese neue Situation ermöglicht eine neue Betrachtung und erfordert eine neue Entscheidung, also erneut eine kleine Handlung, die wiederum eine neue Situation schafft, die zu unvorhergesehener Entscheidung zwingt. Und so weiter in kleinen Schritten, die, so zaghaft sie sein mögen, jedesmal das Umgebungsfeld weiträumig in Aktion versetzen, deren auslaufende Wellen kühn und entschieden sein können.

Dann war alles ganz schnell gegangen: Am ersten Samstag im Oktober kauften die Leute fürs Wochenende ein, als eine Gruppe Sänger am Mittag aus der Kirche trat. Sie hielten sich an den Händen und bahnten sich singend mit jungen erröteten Gesichtern einen Weg durch die einkaufenden Familien, die sich verlegen oder peinlich berührt wegdrehten. Der kleine Trupp sang die Internationale. Auf offener Straße frei und unaufgefordert zu singen, das verbreitete Unsicherheit, der Gesang der Internationale aber, der aus der Kirche kam und mit Kirchenliedern abwechselte, löste eine stumme Panik aus. Aus anderen Städten wurde telefoniert und erstaunt nachgefragt, was hier los sei.

Am Montag darauf sammelten sich hunderttausend Menschen in der Stadt, und die Revolution war da. Die Verlegenheit hielt sich noch eine Weile, wurde aber dann von der Wucht der Ereignisse weggefegt.

Frau Anschmid achtete weiter genau auf die Einhaltung der kollektiven Pflichten bei der wöchentlichen Hausreinigung, die in solchen unruhigen Zeiten schnell vernachlässigt werden. Das Festhalten an diesen Ritualen hatte sie sicher durch alle Stadien ihrer Beschwernisse und durch die Geschichte geleitet. Da geschah es, daß sie beim Wischen in einer Wasserpfütze ausrutschte, über den Eimer stürzte und mit diesem die Treppe hinab in das tiefere Stockwerk fiel. Es gab keine Zeugen, die die alte Frau erstarrt und zusammengekrümmt in ihrer gelben Schürze liegen sahen. Minuten später aber mehrere, nachdem sie sich zaghaft bewegt und dann fassungslos auf beide Beine gestellt hatte, mit ein paar Sätzen oben an der Tür war und aus Leibeskräften in den Treppenschacht geschrien hatte: Ich bin schmerzfrei!

Nur ganz kurz wußte Frau Breiner nicht weiter, als sie danach die Arbeit verlor; es war Winter. Sie befahl ihren Kindern, den Campingtisch vom Boden herunterzuholen, die Metallbeine in die rostigen Gewinde zu schrauben, sie bezogen ihn mit neuem Wachstuch und stellten ihn vor der Haustür auf, wo er wegen der

Pflasterung anfangs keinen festen Stand hatte, bis die Kinder ihn mit geviertelten Bierdeckeln so lange justierten, daß die Tischplatte waagerecht war. Frau Breiner zog ihre Arbeitsmontur und die Filzstiefel an, die blaue Wattejacke darüber. Dann trug sie das Präsentationsköfferchen hinunter und verteilte die Parfümflakons und Nagellacke auf dem Campingtisch, die Kinder halfen ihr dabei, im Laufe einer Stunde kamen noch mehr Kinder aus dem Haus dazu und fragten, ob sie eins der Fläschchen berühren dürften. Frau Breiner verbot es erst, später aber, als sie wegen der Kälte ihre Arbeitshandschuhe aus dem Reichsbahnausbesserungswerk noch über die Fingerhandschuhe ziehen mußte, erlaubte sie es den Kindern, abwechselnd ein Fläschchen vorzuzeigen und aufzuschrauben, wenn eine Frau aus der Nachbarschaft oder eine Fremde, die sie nach drei Tagen Laufkundschaft nannte, bei ihr stehenblieb.
Bis auf weiteres arbeitete sie nun als Avon-Beraterin.

Niemals und nicht mit mir! schrieb Toma mit rasend roter Tinte, nachdem ihr blonder Niederbayer nach Moskau gereist kam, was nicht ohne Ehefrau verdachtsfrei organisiert werden konnte, und sie ihrer ansichtig wurde. Solch eine Rivalin wagt er mir vorzuzeigen: freundlich, höflich, gutmütig, matter Handschlag, leerer Blick, ohne ein Fünkchen Feuer des Himmels, ganz ohne Hochspannung des Geistes! Das würde kein Russe wagen. Er beleidigt mich!

Weiter hinten inmitten der auf Straßen und Plätzen allmontäglich Versammelten wurde es nun, da die Sache fürs erste entschieden war, weitgehend grölig und setzte sich nach vorne, dann traten Weitwerfer auf und Bananen flogen durch die Luft und tiefgefrorenes Geflügel, volkseigenes, in die Tonnen. Abfall war alles, was kürzlich noch der Fall gewesen war.

Das waren die Wochen, als ich mich auf die Zartheit besann, sie war im Begriff, sich aufzulösen, zu zergehen in so feine Partikel, daß sie niemand mehr wahrzunehmen imstande war, weil was sich durchsetzen will, sie nie gekannt hat oder vergessen muß oder einfach vergißt.
Anfangs aber hatte die Zartheit über allem geschwebt, als Achtsamkeit, Behutsamkeit und Staunen, wofür keine Zeit blieb, noch schnell ein Wort zu finden, ehe es über Nacht Revolution hieß. So hieß es also, machte verlegen und überrollte die Verlegenheit und die Zartheit im Eifer des Gefechts, der doch auch viel mehr der Eifer endlich erwachter Geistesgegenwart war, mit der nun alles neu angeschaut wurde.

Roman war aus der ersten Reihe verschwunden, er sprach nicht mehr, er lehnte es ab zu sprechen. Weit-

räumig um die Revolution herum hatte sich das Sprechen als Urteilen bis über Grenzen festgeredet, bis nach Übersee, nun hallte es wider, in konzentrischen Kreisen kehrte es aus aller Welt zurück, um uns zu erklären, was mit uns geschehen war.
Von da an hatte Roman das Sprechen eingestellt.
Die Freiheit des Wortes, hat Roman als letztes gesagt, womit er das Spruchband zitierte, das er noch vor Wochen in der ersten Reihe durch die Stadt getragen hatte, ich nehme sie mir!
Damit war er für Monate verstummt, während das öffentliche Reden den täglich frisch geschaffenen Tatsachen zu folgen versuchte, dabei jedoch zurückblieb. Was die Abschätzung von Folgen in der Zukunft betraf, weit abgeschlagen.

Dreizehn Wochen war Popolo alt, als er mich längst nicht mehr biß, sondern sich auf Samtpfötchen von den unteren Lendenwirbeln in Richtung Nacken vortastete und seine Barthaare spüren ließ; ich erschauerte. So mußte es gemeint sein! Wir richteten uns gemeinsam in meiner Bettstatt ein, Roman, Popolo und ich. Er war von sattem Rostrot, und er konnte es mit Roman an selbstvergessener Zärtlichkeit aufnehmen. Um uns setzte Geschäftigkeit ein, alles Inwendige wurde Tag für Tag hinausgetragen, aufgetürmt zu Haufen, auf Hänger geladen und auf die Müllplätze der Stadt verteilt, Sesselgruppen, Schreibmaschinen,

Schrankwände, Bücherschränke, zuletzt Bücher. Eines Nachts hörte es sich so an, als sei es um uns herum leer: Popolos zarte Schritte auf meinem Bauch hallten durch den Raum.

Roman hatte das Sprechen eingestellt, und ich lernte ihn kennen. Alles drängte vorwärts, er verharrte. Es bildeten sich Wirbel um ihn. Im Zentrum der Wirbel sammelte sich seine Aufmerksamkeit, die besonders von Kindern wahrgenommen wurde. Kaum trat er hofwärts aus dem Haus, sausten die Breinerkinder hinterher, stoppten nah bei ihm und besetzten das Rasenviereck, lagen hingeschüttet wie Blüten aus dem Füllhorn, bohrten sich in den Nasen und warteten auf etwas. Das Rasenstück gehörte noch immer ihnen oder allen oder niemandem. Wo war der Unterschied? Es schien vollkommen überflüssig, darüber nachzudenken. Unter den Freiheitsarten war diese die selbstverständlichste auf Erden, man spürte sie gar nicht. Roman hockte sich hin und bildete durch seine Maulfaulheit einen traumverlorenen Fleck, und nach einer Weile spürten sie sie doch, oder etwas Ähnliches, und wenn es nur die ganz normale Freiheit der Kindheit war, die kein Eigentum kennt außer dem an Liebesmenschen und Spielsachen.

Das Haus wurde frisch verputzt, im Treppenhaus roch es nach feuchtem Sand, es roch nach Erneuerung, nach Werkstatt, was die Familien aus den unteren Etagen beflügelte, die gern gebastelt und instand gesetzt hatten, einen alten Schrank, ein kaputtes Auto, eine Sommerlaube. Sie hielten sich gern im Geruch dieser Lebensetappe auf, der sie jetzt mit der neuen und gänzlich unbekannten verband, andere wieder schlichen auf den Boden, der von Renovierungsarbeiten ausgeschlossen blieb und anders roch. Das Haus war alt, man konnte in ihm immer die Kindheit riechen, wenn man sich im Dunkeln nicht fürchtete. Nach der Renovierung waren alle Gerüche verflogen. Der Kohlenkeller war geweißt und hatte abwaschbare Wände, und alle Bewohner vereinte die Erinnerung an diesen oder einen anderen Kohlenkeller in ihrem Lebenslauf, und wenn das herangewachsene Kürschnermeisterskind jetzt herunterstieg, sah es doch wieder die hellen Hintern der Breinerkinder vor sich und wie die Mädchen die Decke auf dem Steinboden glattzupften. Sie waren noch sehr klein gewesen, und jemand hatte erzählt, die Erwachsenen legten sich nackt auf eine Decke, gesehen hatte es noch niemand. Die Breinerkinder hatten die Kleider ausgezogen, nur die Filzschuhe behielten sie an, die Leibchen, Wollstrümpfe, Hosen waren auf die Filzschuhe heruntergewickelt, so lagen sie auf der kalten Decke bis der beißende Frost sie zu einer plötzlichen Umarmung zwang, ehe sie sich in Sekunden das Geschirr aus Gürteln und Schnallen wieder hochgezogen hat-

ten und eine scharf umrissene Erinnerung von der Wärme des anderen Bauches übrigblieb.
Den neuen weißen Keller konnte man vorzeigen, er diente nun nicht mehr dem Horten von Kohlen, Kartoffeln und Eingemachtem. Eigentlich war er zu nichts mehr da, was einem Kreislauf folgt, der mit den Bewohnern verbunden war. Nun beherbergte er Gegenstände, die aufbewahrt wurden. Für welche Lebensumstände? Man wußte es nicht. Vorstellen konnte man sich nur die vergangenen, gegen deren Wiederkehr man im Ernstfall gewappnet wäre. Alles Vorstellbare war schon gewesen. Die Zukunft gehörte nicht dazu.

Ohne weiter zu fragen, hatte sich der junge Kater das Haus angeeignet. Er bemühte sich, groß und imponierend zu erscheinen. Er war Hochspringer und zeigte es bei jeder Gelegenheit. Natürlich wünschte ich, er möge klein bleiben wie ein Junges, ich setzte ihm die Kastanorka als Vorbild gegenüber. Sie lebt mir ewige Jugend vor. Sie ließ es aber nicht zu einer Berührung kommen, zog sich blitzschnell in ihre Behausung zurück und verharrte dort in Erstarrung. Der Kater ließ seinen Blick, leer vor Verächtlichkeit, über uns hingleiten und sprang mit einem eingedrehten Salto zurück aufs Bett. Er dachte, wir begriffen es noch immer nicht, obwohl es doch zu sehen war: Nur wer nicht lebt, altert nicht.

Ich weiß nicht, hat meine Mutter damals gesagt, irgendwie kommt das doch ein bißchen plötzlich.
Sie ist ein realistischer Mensch.
Ich meine, vielleicht wäre es auch noch ein paar Jährchen weitergegangen …
Sie ist gerade so realistisch, wie es eine Mutter im Alltag sein sollte.
Wenn ich an den ganzen Umstand denke, das Trümmerwegräumen am Anfang. Dann das Umdenken! Ich glaube, es war mehr vorgesehen …
Sie hatte seinerzeit immer so lange nach Lebensmitteln angestanden, daß sie nicht auch noch im Nachdenken über das Anstehen ihre Kräfte verschleißen wollte.
Es hat doch allein schon zwölf Jahre gebraucht, ehe alle Bauern ihr Land hergegeben hatten! Und dreizehn Jahre für den ersten Menschen im All. Und zehn Jahre immerhin für den ersten Hund. Das macht doch niemand aus einer Laune heraus. Da hat man sich doch was dabei gedacht!
Meine Mutter hatte bereits von ihrer Mutter das Haushalten gelernt.
Und die vielen studierten Frauen, das soll alles umsonst gewesen sein? Und die Sache mit den Klebemarken, stapelweise kleine Büchel für Völkerfreundschaft, Jungpioniere, Frauen, Konsum und Solidarität – ein Aufwand! Das wollte doch auf was hinaus!
Meine Mutter hatte seinerzeit beim Anstehen im

Wechsel mal ein bißchen Russisch mal ein bißchen Englisch gelernt, um die leere Zeit zu nutzen.
Ich fühle mich eigentlich immer noch jung, stellte sie nun fest, ich weiß nicht, warum die Gesellschaften immer so schnell altern. Ich hätte gedacht, diese hier hält länger durch.

Zuerst waren die Arztfamilien aus dem Haus weggezogen, dann die Kürschnerfamilie, und eines Tages fühlte sich Frau Anschmid schwach, wie gelähmt. Sie kleidete sich mit langen Erschöpfungspausen hell und adrett an, begab sich ins Krankenhaus zu einer Untersuchung, befahl ihrer Familie, im Vorzimmer des Arztes zu warten. Der Arzt sah die Zeichen des nahenden Todes um ihren Mund herum hervortreten, verließ seine Patientin kurz, um von ihren Kindern, die von ihrer Mutter vor fünfundvierzig Jahren aus der verkohlten Wohnung gerettet worden waren, die Entscheidung über lebensverlängernde Maßnahmen zu erlangen, als deren klares und kraftvolles Nein durch die geschlossene Tür herüberklang.

Wie wäre das eigentlich weitergegangen?
Was?
Na hier.
Wie?
Na mit uns. Ohne Umsturz.
Ach so.
Na? Kannst du dir wohl auch nicht vorstellen?
Doch.
Wie denn?
Mein Opa steht im Schuppen und hackt Holz.
Und?
Der Schuppen ist innen voller Holz gestapelt, außen an den Wänden sind noch drei Lagen Holz gestapelt, an jeder Wand drei Lagen, macht genau zwölf Lagen, die Tür abgerechnet.
Und weiter?
Fünfzehn Meter entfernt liegt noch ein Haufen gestapeltes Holz, so hoch wie der Schuppen, etwa ein Drittel der Grundfläche.
Und weiter?
Mein Opa steht im Schuppen und hackt Holz.
Na und?
Einarmig.

Wie geschickt der Elefant seinen Rüssel einsetzt! Dennoch ertappe ich mich, wie ich bei längerem Hinschauen auf eine ungelenke Bewegung warte. Heimlich rechne ich damit, daß er einen Griff wiederholt, weil er danebenging. Oder daß ihm ein Wurf über den Kopf fehlschlägt und das Auge trifft oder daß ihm sogar das Zum-Maul-Führen des Futters, der sperrigen trockenen Äste, mißlingt. Eigentlich warte ich immer auf ein Zeichen, das den Notbehelf verrät. Möglicherweise bin ich im tiefsten Innern überzeugt, daß auch der Elefant behindert ist.

Mein Großvater wollte nie weit. Er hat wöchentlich fünf Bücher aus der Werksbibliothek ausgeliehen und sie in der Reihenfolge ausgelesen, in der sie ihm die Bibliothekarin in die Tasche gelegt hatte, weil er nur noch einen Arm besaß, zum Glück den rechten. Nach dem Krieg zog er als Bauchladenhändler im Erzgebirge herum, er bot Zwirn und Gummibänder an. Die Kriegswitwen verloren nicht ein bedauerndes Wort über seinen fehlenden Arm, so selbstverständlich war er geworden. Wenn sie gewußt hätten, daß er den Arm nicht dem Vaterland geopfert hatte, sondern seiner unwiderstehlichen Schneidigkeit als junger Motorradfahrer in Friedenszeiten, sie hätten ihm nicht einen Zwirnsfaden abgekauft.

Weiter! schrien wir Kinder, wenn mein Großvater mit dem Metallhaken, der aus seinem linken Ärmel hervorragte, sich eins von uns am Arm oder im Nacken griff und wegführte, wobei er mit dem rechten Arm den Hals eines sich aufbäumenden Pferdes vor-

spielte, wieherte und den kleinen Gefangenen am Eisenhaken hinter sich herzog. Das hieß das Gänsepferd. Es mußte nicht sprechen, denn es konnte wiehern und schnauben, es ermahnte uns nicht, beobachtete nicht unsere Heimlichkeiten, um sie dann auszuplaudern, es verteilte keine Zensuren. Das Gänsepferd kam aus jener Welt, die wir unmerklich im Begriff waren zu verlassen, in die es uns mit einem Aufbäumen und Packen immer wieder zurückholen konnte, wenn meinem Großvater danach zumute war, wenn er fünf neue Romane ausgelesen hatte und dort herumstromerte, wohin ihm keiner folgte, weit weg, wo nur wir Kinder noch zu Hause waren. Dann saß er wieder unbeweglich am Küchentisch und las und blätterte manchmal mit dem Eisenhaken die Seite um, wenn er mit der rechten Hand gerade einen Kaffeetopf hielt. Die meiste Zeit aber ließ er den leeren Ärmel unter den Tisch hängen.
Nur zum Sonntagsspaziergang, wenn meine Großmutter ihren Hut mit dem dünnen straffen Gummi unter dem Kinn trug, schraubte er die Holzhand mit dem schwarzen Lederhandschuh an.

Jetzt, da die Kindheit ebenso weit weg ist wie das Alter, vermute ich, was sie verbindet. Es ist das Alleinsein. Ein verwunschenes Insichsein, ein zartes gelassenes Glück mit sich selbst, das den ganz Jungen und den ganz Alten aus der angrenzenden Sphäre zuströmt, die in die Lebensmitte offenbar nicht hineinreicht.

Eines Tages scheute das Gänsepferd vor dem Schlafzimmerfenster, ließ seine Gefangenen aus und ging auf die Hinterbeine. Schwarzer Qualm fädelte sich durch die Ritzen am Fensterrahmen, das Schlafzimmer schmorte, dann brannte es lichterloh, die Feuerwehr sauste mit Trari Trara heran, umwickelte das Haus mit roten Schläuchen, schoß Fontänen quer durch das Dach und in den Himmel, und das Gänsepferd stand traurig am Rand. Es fing an zu schneien. Ohne daß ihm eins der Kinder nachsah, trabte es fort, weiter in das Schneetreiben und weiter in das Haldengebirge hinein, so weit, daß es niemand von uns mehr erkennen konnte, denn wir hatten es vergessen.

Du! Bis zu diesem Tag hatte ich mir noch keine Gedanken darüber gemacht, ob die Schneeflocken in der Luft zusammenstoßen. Damals hörte ich es das erstemal: Sie stoßen nicht zusammen! Die Nähe von ihresgleichen läßt sie wegschnellen, ist zu vermuten. Sie tragen um sich einen Hof von feinen Luftwellen, ein unsichtbares Röckchen, das hält sie in einem Abstand, der einer Choreografie unterliegt. Nichts zwischen Himmel und Erde stört diesen lichten, euphorischen Tanz, begleitet von einem Gesang auf einer unhörbaren Frequenz. Wenn ich ihm zusehe, beginnt mich eine Ahnung zu erfüllen, gleichsam zu befallen von oben herab: daß es so auch inwendig gedacht sein könnte. Daß alle Anblicke, sämtliche Weltteilchen, deren wir ansichtig werden, mitsamt unseren Mutmaßungen, Meinungen, Erinnerungen und Spintisiereieien zu feinen und einmaligen Flocken auskristallisieren und in einem Massenballett zu Boden schweben, dort vielleicht noch ein wenig ruhen, um dann unwiderruflich zu schmelzen in einen anderen Aggregatzustand hinein. Was hat man sich dabei gedacht?

Nichts, befand meine Großmutter eine Stunde nach Einlaß zum Tanz in Alberoda, als sie keine Tour gesessen hatte und mit glühenden Wangen die erste Tanzpause nutzte, um die noch verbleibenden Möglichkeiten am Ort gegen die noch vollzähligen im Goldenen Krug von Neustädtel abzuwägen. Die Entscheidung für die Vollzähligkeit traf sie, noch erhitzt, binnen Sekunden. Es lagen zwei Kilometer Fußmarsch zwischen dem, was sie besichtigt hatte, und dem, was noch vor ihr im Dunkeln lag. Einen gemischten Begleitschutz fand sie ebenso schnell wie sie stets Tänzer fand, sie erreichten den Goldenen Krug binnen einer Viertelstunde, während der sie auf keine Schäkerei einging, die mit Stehenbleiben verbunden war. Sie rechnete sich das nahende Ende der Tanzpause aus, trieb zur Eile und langte, schon wieder erhitzt vom Marsch in der eiskalten Nachtluft und von der Erwartung, im Goldenen Krug an, als gerade die dritte Tour gespielt wurde. Mit einem vorgetäuschten Gang zur Toilette wich sie dem ihrem Begleiter versprochenen Tanz aus und erfaßte von der dem Eingang gegenüberliegenden Saalseite aus mit einem Blick die Lage.

Weiter! drängte ich, und sie wurde rot und behauptete, dieses Glühen habe sie schon immer, seit hundert Jahren, von Anfang an, und deshalb bedeute es gar nichts. Und erst kürzlich habe sie geträumt, sie sei in einem hellblauen Seidenkleid und hellblauen seidenbespannten Schuhen die Strecke von Alberoda nach Neustädtel und dann nach Oberschlema gelaufen, in einer Nacht, in der es ganz leise geschneit habe, und all die Schneeflocken seien auf ihr geschmolzen, so heiß war sie mitten im Winter 1914.

Wie kommt es, daß wir uns begegnet sind, habe ich Leo in einer anderen Nacht gefragt.
Warum ich nicht schlafe, wollte er wissen.
Weil ich mich frage, warum ich ausgerechnet dich getroffen habe. So weit weg, Seemeilen und Jahrzehnte von mir entfernt, eine Unmöglichkeit. Wer hat das eingefädelt?
Du, darling, du allein! Du willst erleben, was vor dir war, und was dich erwartet, willst du auch schon ha-

ben. Du willst Ei und Larve und Schmetterling gleichzeitig sein. Sag mir, was unmöglicher ist!
Ich will dich heiraten, Leo!
Du willst das Leben heiraten, sagte er mit seinem zärtlichen brüchigen Lächeln in der Stimme.
Ich fühlte mich erkannt und wollte ihn nun noch mehr heiraten. Weil es so unmöglich war, so surreal und utopisch, womit ich das Heiraten endlich ein für allemal gerettet hätte vor den Pragmatikern und dann: nichts wie das Weite suchen damit!

Tu's nur, sagt Toma, heirate zweimal oder heirate siebenmal. Heirate immer weiter. Es bleibt ein Zeichen, ein Symbol, eine Geste. Sie bedeutet: Mit dir könnte ich es mir vorstellen. Nach Jahren heißt das: Mit dir konnte ich es mir damals vorstellen. Das Heiraten ist eine Idee. Die Ehe zeugt von einer Idee, die wir gehabt haben. Sie füllt sich mit Eheleben und bleibt doch eine Idee, immer ein wenig über uns, wie ein Lerchenpaar, das sich jubilierend am Himmel auf- und abseilt. Könnten wir es noch spielen wie einst als Kinder, als wir uns erwachsen gestellt haben, gelänge es vielleicht besser als jetzt, da uns die Phantasie fehlt, so zu tun, als seien wir erwachsen. Wenn wir das Eheleben noch spielen könnten, ließe es sich noch ganz anders als Idee mit Leben erfüllen.
Soviel für heute zum Glück auf Erden, meine Liebste, schreibt Toma, küsse dich!

Küsse mich, flüstere ich Roman auf seine angestrengte Stirn, hinter der sich die üblichen Dramen abspielen, männliche Riten, Ritterspiele, Kampfkünste, das Bogenspannen, Geduldsübungen für die Kraft und Feinheit des Blicks, des Griffs, die gesammelte Zurückhaltung, die Sammlung überhaupt, die Sammlung sämtlicher Impulse, auf den Augenblick hin, da er erwacht und sich erinnert, was ich erwarte: Minne.

Ich habe sie nie miteinander bekannt gemacht. Was würde aus ihnen, wenn sie genötigt wären, etwas miteinander anfangen zu müssen, meine Liebesmenschen? Etwa ein Freundeskreis? Ich mute ihnen keine Geburtstagsfeiern zu, kein Herumstehen in Zusammenhängen, die sie füreinander austauschbar erscheinen lassen könnten, in denen auch ich ihnen fremd wäre. Ein jeder hat sich einst seine Liebesperson aus mir hervorgelockt, die kein anderer kennt, nur wir beide. Wir sind jeweils zwei gegenseitig Hervorgelockte, weshalb kein Dritter etwas entbehren muß. Mit jedem meiner Liebesmenschen führe ich ein anderes Leben, eins von den vielen, die noch in mir bereitliegen.

Und nur Du, der Du den Weitblick hast, weißt auch das: Jeder Anblick lockt in ein anderes Leben, in dem die Schaulustigen leicht verlorengehen. Verschollen im Irrgarten alltäglicher Verlockung, auf dem nackten

Rasen, da liegen sie! Also nimm zur Kenntnis, wieviel Mühe das macht, die Lebenskünstlerschaft! Nur die Lebensverliebten sind von diesem Trieb beherrscht, und von denen nicht alle, nur jener Rest, der übrigbleibt nach Abzug der Trunksüchtigen, der Spielsüchtigen, der Sexsüchtigen, der Arbeitssüchtigen, aller Fallsüchtigen, die ihrer Sehnsucht nicht gewachsen sind, oder wie immer dieses kerngesunde Tier in uns heißt, das es mit dem All da draußen aufnehmen will.

Mit sieben nahm mich jemand in seine Arme, um mich über einen Bach zu heben. Nichts konnte ich sagen, ich war das erstemal getroffen. Die Gegenwart läßt einen dumm sitzen, man muß immer erst warten, bis sie sich verzogen hat.

Verstehen konnte ich ihn nicht, es hat mich weder verwundert noch gestört.

Als er mich über den Bach hob, hatte er Schultern unter einem Norwegerpullover, blondes Haar und hieß Roman. Ich hörte es, als sie am Abend durch die Wanderherberge nach ihm riefen, die Frauen. Sie sangen in seiner fremden Sprache. Am nächsten Tag und allen folgenden hat er mich immer aufs neue über den Bach gehoben, alle Wiederholungen habe ich geträumt und es mit sieben Jahren schon so gemacht wie später jedesmal. An nichts sonst kann ich mich erinnern, aber an die Schönste der Frauen. Ich Kind, das von nichts wußte, habe meine Rivalin erkannt. Offenbar muß man nichts gelernt haben, um die Liebe unter allem übrigen, womit die Welt einen zu überwältigen trachtet, ausmachen zu können. Der erotischen Liebe wird der Mensch ohne Vorkenntnisse ausgesetzt. Was bedeutet das?

Eine Frau muß wissen, wie weit sie gehen kann, erklärte mir meine Mutter, als ich dreizehn geworden war.

Ich schwieg. Ich wartete ab, wovon die Rede sein sollte.

Meine Mutter sagte auch nichts weiter.

Meine Großmutter richtete sich ein neues Schlafzimmer ein. In ihrem leicht entflammbaren Temperament war sie einst dem Rat einer anderen Erzgebirglerin gefolgt, zum Frühstück täglich ein in Rotwein verquirltes frisches Ei zu sich zu nehmen, was ihr Verlangen nach Entdeckungen, mit denen sich das Gleichmaß der Gewohnheiten beleben ließe, weiter steigerte. So brachte sie ihr Verlangen eines Morgens auf die Idee, eine Haushaltskerze in den Kühlschrank zu stellen, um das Eis schneller zum Schmelzen zu bringen, woraufhin während der Frühschicht das Schlafzimmer niederbrannte. Jetzt kaufte sie das größte Ehebett ihres Lebens mit Schlaraffia-Matratzen, dicken weichen Auflegern und festen schwingenden Federböden. Weithin im Erzgebirge träumte man davon. Winters lag sie mit einer lila Wollmütze im Schlaraffiabett, mein Großvater daneben, ohne Mütze.

Wie hat dir der Wandertag gefallen? hatte sich meine Mutter seinerzeit erkundigt.
Jemand hat mich über den Bach gehoben, hatte ich geantwortet.
Wer denn?
Ich stand stumm und großäugig da, ich lauschte den Bewegungen meines Gehirns, das sich langsam und präzise an die Außenwelt anzuschließen schien. Die Liebe, wenn sie sich in diesem frühen Stadium in den Menschen verirrt, flüchtig und entschieden wie eine Libelle, leuchtet inmitten seiner halbblinden Empfindungen mit einer Klarheit auf, die jeden Irrtum ausschließt.
Wer denn, fragte meine Mutter nochmal und putzte mir die Nase.
Ich suchte in mir nach einer Antwort.
Sollte ich sagen: Sein Haar hat meine Wange gestreift? Oder: Sein Haar und seine Schulter waren eine Höhle, in der mein Kopf lag. Oder: Die Höhle roch so gut. Oder: Er war stark, denn ich war auf einmal ganz schwer?
Dann behalt's für dich, sagte meine Mutter und ließ

mich weiter stumm dastehn. Sie hat mich schon früh verstanden, nichts dergleichen beunruhigte sie. Sie wußte damals schon, wie schnell dem Unerklärlichen die Kraft entrinnt, wenn es an Respekt fehlt. In Ruhe ließ sie uns durch die schulfreien Nachmittage trödeln, mein Geheimnis und mich. Darüber sind Jahre und Jahrzehnte vergangen, und nie hat sie mich gerufen, um mich zu erinnern, daß sie noch auf eine Antwort wartet. So ließ sie mich frei durchs Leben stromern, und immer wenn mir ein Roman begegnet ist, haben wir einen Blick gewechselt, meine Mutter und ich.

Weiter! sagte ich mir beizeiten, und es traf einen dikken Fleischersjungen, dessen Mutter mir jeden Freitag eine Scheibe Jagdwurst über die Ladentheke reichte, wenn ich meine Einkaufsliste hingegeben hatte. In den Schulpausen stellte ich mich in der Nähe seiner Klassenzimmertür auf. Als ich mir ein Loch in den Kopf geschlagen hatte, erforschte ich einen langen Umweg zur Schule, um ihm nicht mit meinem Kopfverband zu begegnen. Ich bin ihm weder in entstelltem noch in meinem naturgegebenen Zustand jemals entgegengetreten. Die allwöchentliche Scheibe Jagdwurst aus der roten, fettigen Hand seiner Mutter blieb die einzige Berührung zwischen uns beiden. Er hat nie erfahren, daß jemand vom Winter bis zu den Großen Ferien an ihn gedacht hat. Ich nenne ihn nicht Roman. Der Fleischersjunge war ein Vorstadium, mit Roman verband ihn nur ein Bruchteil jenes Rätselhaften. Jener Bruchteil war ich selbst, mein rätselhaftes Verhalten, das mich jede Pause an seine geöffnete Klassenzimmertür trieb. Nichts tat ich, um auf mich aufmerksam zu machen. Ich vermied es, ihn mit Blicken zu verfolgen, während er in einem Knäuel mit anderen Jungen über die Bänke tobte. Scheinbar zufällig stand ich da; ich wollte gefunden werden. Wo hatte ich das gelernt?

Nun zur Liebe, vorwärts! schreibt Toma, wenn sie sich auf ihre unabhängige tatarische Art neu verliebt hat.

Wenn es lange dauerte, kam ich mir dumm vor. Etwas stimmte nicht an meiner Lebenslage. Sie könnte sich lange hinziehen, wenn ich so weitermachte. So konnte das Ganze nicht gedacht sein. Den Sommer über saß ich vor einem Indianerzelt, hatte einen unaussprechlichen Namen bekommen und wartete auf Winnetou, der nicht mehr der Fleischersjunge war, einfach Winnetou mit bleicher Kinderbrust, Federschmuck und Brille. Er jagte inmitten seines Stammes mit wildem Geschrei gegen Abend heran, als mir längst die Federn aus dem Haar gefallen waren.
Ich wußte nicht weiter. Vorbildlich hatten mir Vater und Mutter jeden Abend Märchen vorgelesen: deut-

sche von Hexen und Stiefmüttern, russische von Väterchen, Mütterchen, Hündchen und Rübchen, chinesische von künstlichen Nachtigallen, Märchen von Wundern, Grausamkeiten und der Liebe. Alle liefen, während ich mich lauschend in den Rand meines Bettes verbiß, auf das eine hinaus: Die junge Königstochter lag im Sarg und stellte sich tot. Sie mußte gefunden werden.

Nur eins hätte die Lage sofort und für immer geändert: Wenn ich seinerzeit neben Toma aus dem achteckigen Zelt getreten wäre und wir über die kaukasischen Steppen, wo die Tataren jagen, weiter durch die, in denen die Mongolen hinziehen, davongeritten wären, bis an den Baikal, wo die Ewenken leben, das älteste Volk Sibiriens, und dann weiter hinauf zwischen den Wänden des Himalaja, in einer großen Totale, Toma und ich: zwei Mädchen mit kraftvollen Fesseln und Eigensinn bis in die Handgelenke, immer weiter auf den Horizont zu …

Unter den Weitwanderern lassen sich die Tataren als eine der ältesten uns bekannten Nomaden vermuten: die Krimtataren, die Wolgatataren, die sibirischen Tataren, die Bergtataren. Einst sprengten sie unter den goldenen Deckplatten des Herrscherzeltes vom Khan der Goldenen Horde hervor, eroberten Osteuropa, früher noch fielen sie vom Norden her ins

Chinesische Reich, in sein Herz, die Enkel Dschingis-Khans, heute züchten sie Vieh.

Daß die Welt weiter reicht als die westliche Flanke des Ostens, und zwar nach rechts und links und oben und unten, Du weißt es, mein Zeuge, und ich habe es rechtzeitig entdeckt: bei Sonnenaufgang in einem Getreidefeld. Es war mir am Morgen meines dreizehnten Geburtstages eingefallen, mich aus dem Haus zu schleichen. Ich rannte weit hinaus ins Feld, legte mich hinein und war verschwunden. Bis dahin hatte ich getan, was alle anderen in meinem Alter auch taten, ohne mich herauszufinden aus den anderen, die auch nichts weiter waren als Kinder, wie ich. An diesem Morgen hatte das ein Ende. Ich war allein und schien begutachtet und für wert befunden zu werden. Als sei ich aus einem Versteck herausgetreten und von nun an da. Ich hatte keine Fragen. Ich fragte mich nicht einmal, ob es das sei, das kommen sollte, die Liebe oder etwas in der Richtung, was sich in der Schulpause bereden ließ. Ich fühlte, es war etwas anderes, nicht Besprechbares. Irgend etwas hatte mir aus freien Stücken geantwortet. Die Tatsache meiner Anwesenheit auf der Welt war mir bestätigt worden.
Ich machte es diesen ganzen Sommer lang, ich schlich mich vor Sonnenaufgang aus dem Haus, meine Mutter stellte sich schlafend. Sie ließ mich ziehen, ohne zu fragen, so wie sie mich sechs Jahre zuvor mit

Roman hatte ziehen lassen, der mich über einen Bach gehoben hatte.

Meine Banknachbarin hatte nichts eingewendet, als ich ihr die Nachbarschaft vorschlug, sie zuckte schnippisch mit den Schultern.
Sie hatte die schönsten Beine, war die Beste im Sport, und ich saß in einer gedachten Linie zwischen ihr und Alain Delon. Delon liebte sie seit der dritten Klasse. Jetzt in der sechsten war es mir endlich gelungen, in seine Blickachse einzudringen. Ab jetzt traf jeder seiner Blicke, solange ich mich kerzengerade hielt, mich. Sobald ich nach vorne sank, sie.
Sie erzählte nicht viel, einmal nach den Ferien etwas von einem Friedensfahrer, der sie nach der Siegerehrung ein Stück auf seinem Rennrad begleitet habe. Ihre Andeutungen hatten nichts Vertrauliches, sie waren keine Einladung näherzukommen. Nachlässig warf sie Bemerkungen hin, ohne mich dabei anzuschauen. Sie hatte keine Freundin, ich wußte nicht, ob ich eine war. Wenn die Sonne während der Stunde durchs Fenster fiel, schaute ich auf ihre braunen Unterarme, auf denen langer Flaum wie ein goldenes Fell wuchs. Die goldbraunen Unterarme ließen mich unmerklich nach vorne sinken. Dann erwachte ich aus meiner Abwesenheit, richtete mich auf und sah an ihrem Gesicht, daß Delons Blick an meinem Hinterkopf vorbeigeflutscht war. Auf ihrem Gesicht

lag eine gelassene, den ganzen Klassenraum beherrschende Koketterie.
Vor uns die Klassenschönheit drehte sich um und sah mit großen blauen Teichaugen aus ihrer Kinderwelt von einem zum anderen; um den schmalen Mund meiner Nachbarin zuckte ein herablassendes Lächeln, nicht abweisend.
Ich wollte ihr nahe sein, damit er mich sah. Ich trug den gleichen kurzen Haarschnitt, die gleichen Sportschuhe; mehr ließ sich nicht ändern an mir. Aber ich hatte mich verrechnet. Jedesmal nach den großen Ferien das gleiche: Ich hatte sie fast vergessen, dann betrat sie als letzte braungebrannt die Klasse und legte ihre goldflimmernden Arme neben mir auf den Tisch. Sie sagte etwas von einem, der ihr am Strand lange den Rücken mit Sonnenöl eingerieben hatte. Ich fühlte Delons Blick und saß kerzengerade.
Sie gehörte mir.

Was soll das? wollte sie wissen, als ich eines Morgens eine Schachtel aus der Schultasche zog, sie vor sie hinstellte und die Seitenlasche öffnete. Ich legte ein Spitzwegerichblatt vor die Öffnung. Es dauerte lange, ehe sich etwas rührte. Ich zog das Blatt noch etwas weiter weg. Die Kastanorka schob sehr langsam ihren Kopf hervor. Dann machte sie ein paar ihrer linkischen Bewegungen, kroch aus der Schachtel heraus, erschrak und zog ihre Glieder wieder ein. Auf dem Tisch lag

verloren und zusammenhanglos der kleine Panzer mit den konzentrischen Achtecken.
Das heißt, wir sind dreizehn, sagte ich, weiter nichts.

Dann bestiegen wir am Wandertag einfach den Zug, setzten uns zu dritt in ein offenes Abteil, die ganze Klasse verfolgte es heimlich, nie in all den Jahren hat jemand eine Anspielung gemacht. Als sei etwas Ernstes daran gewesen, für das es keine Anspielungen gab. Wir saßen zu dritt, scheinbar aus Versehen. Delon sagte kein Wort, und sie lachte die ganze Fahrt über die Witze, die im Waggon hin- und herflogen, ich lachte mit, und auf einmal war sie aufgestanden, hatte sich umgedreht und mit denen im Nachbarabteil gelacht. Sie hatte ihre Arme über die Rückenlehne hinüberbaumeln lassen, ihre nackten braunen Beine waren so stark durchgedrückt, daß in den Kniekehlen zwei zarte, hell schimmernde Hügel hervortraten. Alain Delon hatte vergessen, daß ich ihm gegenübersaß, und ich hatte ihn vergessen. Das war alles, was von ihm übrig war: das schamlose Entgegenkommen ihrer leuchtenden Kniekehlen in seinem Blick.

Nach den nächsten Großen Ferien trudelten wir lebhaft verträumt in der Schule ein, und nach einer unabmeßbaren Zeit wußten wir es alle: Er hatte mit einer den ganzen Sommer über im Waldbad gelegen. Mit einer von uns. Mit einer, die wir übersehen hatten,

mit einer, die später und von irgendwoher gekommen war, mit einer, von der wir nichts wußten, die wir vergessen hatten zu fragen. Mit der hatte er acht Wochen lang im Wald gelegen, und zu sehen sei davon nur er gewesen.
Innerhalb von ein paar Augenblicken schien sich alles, was wir in Schuljahren miteinander geworden waren, in etwas anderes verwandelt zu haben. Beide taten, als wüßte es niemand oder als wüßten es alle schon lange. Wir dachten, während der Ankommenslärm wuchs, alle angestrengt über sie nach, die wir übersehen hatten. Jetzt mußten wir uns sie, die Unbekannte, ohne Vorbereitung in dieser unbekannten Lage vorstellen.
Die Anstrengung und Erregung versetzte uns in eine Art Vakuum. Der Sommer ging zuende, draußen vor dem Schulfenster ließ er sich noch nichts anmerken, die Blätter an den Bäumen hingen groß und ausgefaltet da, taumelten träge, doch wir schauten bereits auf ihn zurück, erzählten von ihm, aber unaufmerksamer als an den Sommerferienenden zuvor. Wir versuchten, uns jenen anderen Sommer vorzustellen, den der Zukunft.
In seinem Blick war etwas Spöttisches aufgetaucht, das war früher nicht da. Als er mich damit streifte, fuhr es mir wie Schneidegras über meine rechte Gesichtshälfte, die ich ihm so lange zugewandt hatte. Sie kam als letzte, braungebrannter denn je. Ihr Haar

hatte von Sonne und Meerwasser weißblonde Spitzen bekommen, sie trug etwas voller Farben, ein kurzes, dünnes Fähnchen, voller Farben, die ich nicht kannte, die noch niemand von uns gesehen hatte, es sah aus wie die karibische Pflanzenwelt, wie der Ausschnitt eines Gemäldes von einem blühenden grüngoldenen und rosenfarbenen Urwald, den eine fremde blendende Sonne von einem unbekannten Mittelpunkt her durchleuchtet.
Mit einem flüchtigen, kokett verlegenen Lächeln blickte meine Banknachbarin über die Klasse und setzte sich neben mich.

Und weiter?
Was weiter?
Wie?
So immer weiter, immer von vorn …
Wie denn?
Immer so weiter …
Gagsch! sagte meine Großmutter auf erzgebirgisch und hatte den Blick, mit dem sie den Tanzsaal in Alberoda abschätzte, dann den in Neustädtel und um Mitternacht den in Oberschlema.

Immer so weiter, so weiter, so weiter!

Komm zurück! möchte ich Toma in die Unendlichkeit rufen, die ich mir vorstelle wie den dunklen kosmischen Raum, nur weiß: ein weißes All. In dem ihre schwarzen Augen leuchten, weit wie die eines Mädchens, einer unverwandten Beobachterin. Zieh nicht zu weit weg!

Ich rufe es nicht. Die Liebe verwandelt sich im Moment der Erklärung, sie nimmt Haltung an. Die erklärte Liebe tritt einem augenblicklich als ein Wesen entgegen, das man gerufen, aber nicht geschaffen hat. Es ähnelt allen Lieben, von denen die Rede ist, es läßt sich fortan vergleichen mit jeder beliebigen anderen Liebe, von der jemand glaubte, sie begriffen zu haben, und sie deshalb ausrief. Der Triumph hält nur kurz. Eine Liebe, die die Erklärung überlebt hat, entwindet sich ihr bald wie ein Schmetterling der Zellhülle. Wie in einem Tropengewächshaus flattern einem die unbegreiflichsten Lieben um den Kopf, wenn man nur lange genug den Mund halten kann.

Roman konnte es. Als er damals das Sprechen eingestellt hatte, lernte ich ihn kennen. Es fiel mir nicht leicht, denn der Wortzauber ist es, der mich vor allem anderen erobert. Er ist einst mit den Büchern über mich gekommen, die mein Großvater aus der Werksbibliothek der Papierfabrik entlieh, und behauptet sich seitdem, und wegen der Seltenheit, mit der er gelegentlich sogar von lebenden Personen ausgeht, verfalle ich ihm dann ganz. Seine Wirkung ist mir vertraut, mein Gegenüber ahnt nichts davon, ich fühle

ihn aus dem Spitzentanz seines Denkens entstehen, das sich losgerissen hat aus der Schwerkraft und ebenso leidenschaftlich wie beherrscht übers Parkett fegt, durch meine sämtlichen Zellen, die weich, nachgiebig und glänzend werden, von denen der Saft tropft, wozu schon die einzigartig eigenwillige Darstellung der Welt ausreicht.
Dies nun hatte Roman mir verweigert, er verweigerte mir die Verführung. Er hielt den Mund. Er hat keine Voraussagen gemacht, nichts in Aussicht gestellt. Ich konnte mir nicht vorstellen, wie das weitergeht.

Das Ganze müßte sich aber doch ausrechnen lassen, habe ich wieder einmal mitten in der Nacht zu Leo gesagt, wir reagieren immer gleich, solange es nicht weh tut. Jeder handelt nach seinen Mustern. Nach drei Jahrzehnten müßte man dann mit hoher Wahrscheinlichkeit auf die eigene Zukunft schließen können. Wer alt geworden ist, hat genügend Muster gesammelt, die dann in eine bestimmte Zukunft führen müssen …
Ans Ende, erwiderte Leo trocken, erschrick nicht, darling!
So war's nicht gemeint, murmelte ich hilflos.
Muster gefallen dir, weil sie einen Weg vorzuzeichnen scheinen, der zu dir gehört. Wir wollen doch alle einen Charakter haben, oder?

Man soll sich treu bleiben, sagte ich.
Auch Treue kann Gewohnheit sein. Die eigene Trägheit führt in eine Zukunft, die man sich noch am ehesten ausrechnen kann.
Was ich tue, sollte zusammenpassen, beharrte ich.
Warum denn, baby?
Nenn mich nicht baby!
Warum, gnädige Frau?
Von mir bliebe sonst nichts, woran man mich erkennt, darum.
Von dir wird nichts bleiben, wenn du beharrst. Was beharrt, bricht. Bleibe weich!
Das sagst du? Stellst du dein Leben in Frage, deine vielen Toten, die Flucht nach Amerika, deine Rückkehr mit der Army? Du hast unter Einsatz deines Lebens darauf beharrt, diesen Hitler vom Heldenplatz zu scheuchen, für immer!
Ja. Und immer aufs neue stelle ich die Gegenwart in Frage, die jeweils gegenwärtige Entscheidung. Die Gegenwart ist zwar mit der Vergangenheit genetisch verwandt, aber einer wie ich, der die Vergangenheit kennt, kann zwar ihre Folgen sehen, kennt aber deshalb noch lange nicht die Welt von heute. Es ist eine neue Welt, jeder Tag ist eine neue Mutation. Alt ist nur ein Mensch mit altbackenen Mustern. In der Welt gibt es nichts Dauerndes. Wir haben gar keine andere Wahl, als uns zu jedem Zeitpunkt neu zu entscheiden, und wenn es sinnvoll ist, gegen unsere Muster, die oft

nichts anderes sind als Lebensroutine, die bekanntlich schont und lähmt. Wir können frisch und unberechenbar bleiben, indem wir immer neu prüfen und wählen, scharfäugig, wenn's geht, aber auch spielerisch gewissermaßen ...
Du hast lange genug geübt, seufzte ich.
Wenn's um alles geht, machst du das, ohne mit der Wimper zu zucken, behauptete Leo, und ich ahnte schon, was er meinte, und schon konnte ich nicht mehr mitreden. Fehlt mir etwas zum richtigen Leben: die Weltkatastrophe, die sich noch in der Geschichte versteckt hält oder aber mir ganz ausweichen will?
Du meinst im Krieg, Leo?
Ich meine im Leben, darling, es geht immer um alles. Merkwürdig, daß wir das nicht immer sehen können, sondern nur in Gefahr. Da siehst du dich selbst und die Welt um dich herum das erstemal scharf. Zwischen den Gefahren schlafen wir offenbar ein. Eine seltsame Trägheit befällt einen. Wahrscheinlich müssen wir uns jedesmal von ihnen ausruhen.
Das tun wir jetzt schon verdächtig lange, sagte ich unruhig.
Wir gehen ein bißchen einkaufen, sehen ein bißchen fern ... sagte Leo.
Und sehen es näher kommen, sagte ich.
Ich konnte Leo lachen hören, sein behutsames Lachen.
Aber nur ein bißchen, darling, gib es zu. Reden wir

uns nicht damit heraus! Inzwischen warten schon wieder unzählige Möglichkeiten auf uns, die Richtung zu korrigieren. Es stimmt übrigens nicht, daß sie mit den Jahren abnehmen. Sie nehmen zu! Stell dich drauf ein: Erst wenn die Schritte kürzer werden, eröffnen sich die gänzlich unbekannten Möglichkeiten. Dann kommt es darauf an, dieser Tatsache gewachsen zu sein. Das Dasein wird weiter, je länger es dauert.

Ich kann dir nicht folgen! rief ich.

Es kommt auf den Abstand an, aus dem du auf das Ganze schaust. Stell dir hin und wieder ein schön gerahmtes Bild von dir selbst vor: Person vor Hintergrund ihres Lebens. Betrachte es von Zeit zu Zeit wie jemand, der hundert Jahre später daran vorbeigeht.

Mit dir zusammen, Leo!

Ich kann schon jetzt immer schlechter sehen, darling.

Ich werde dir jede Einzelheit beschreiben!

Vielleicht sitze ich im Rollstuhl.

Ich schiebe dich!

Ich bin dann ungefähr zweihundert, baby.

Die Tat ist alles, nicht die Zeit! rief ich leidenschaftlich hinüber nach Amerika.

Die Zeit ist weiter nichts als ein Vogel, der den Himmel durchquert. Wer aufschaut, kann ihn gelegentlich erblicken, oder manchmal fliegt sein Schatten einem über den Nacken, und oft ist er verschwunden im Wetter, auch im alltäglichen Wetterbericht verschwindet er gern. Dann vergessen wir wieder ganz, daß es unsere eigene Zeit ist, die wir aus den Augen verloren haben. Sie fliegt hinter dem wechselnden Wetter weiter.

Als meine Mutter auch in meinem sechzehnten Lebensjahr ihren im dreizehnten begonnenen Satz, wie weit eine Frau gehen kann, nicht zuende gesprochen hatte, war es soweit, daß ich sie um Beratung bitten mußte. Der stadtälteste Käfigtiger war noch nicht geboren. Ich stand im Alter des ersten Wäschekaufs, meine Mutter neben mir. Mit unschuldigem Eifer wählte ich die Halbschalen in Schwarz. Bis heute weiß ich nicht, ob meine Mutter in ihrer Aufklärung so weit gegangen wäre. Oder ob sie insgeheim darauf gehofft hatte, daß ich ihrem abgebrochenen Versuch einfach wortlos eine kühnere Wendung gab. Die Selbstverständlichkeit, mit der sie kommentarlos die hohe Rechnung beglich, läßt mich das letztere glauben.

Noch lange wußte ich von nichts. Ich las fünf Bücher pro Woche, wie ich es bei meinem Großvater gesehen hatte. Der Bibliothekar musterte mich streng, wenn ich Bücher, die junge Männer mit verspiegelten Sonnenbrillen zurückgebracht hatten, blitzschnell auf meinen Stapel schob. Ausgerechnet die angestrichenen Stellen langweilten mich oft, ich verstand sie nicht. Ich las dann nicht weiter, ich fühlte mich an der Stelle, wo ich gerade war, in Sicherheit. Irgend etwas hielt mich davor zurück, weiterzulesen.

Ich wartete und fand keinen Jungen, mit dem ich gehen wollte. Alle anderen gingen schon mit einem. Ich wartete auf einen, mit dem ich beim Gehen über meine Bücher reden konnte, über denen ich Roman und den Augenblick, da er mich über den Bach gehoben hatte, gerade zu vergessen begann. Durch das lange Warten hatten sich so viele Romane angesammelt, die ein Junge kennen sollte, wenn er mit mir gehen wollte, allein all die Franzosen des 19. Jahrhunderts, und jede Woche wurden es fünf mehr.
Im Sommerferienlager an der Ostsee lud mich einer zum Promenadenspaziergang am Sonntagnachmittag ein, der mir schon vorher bewiesen hatte, daß er mich nicht mit Stummheit oder Auszügen aus dem Technikus langweilen würde, sondern daß ihm die Weltliteratur zur Verfügung stand und er mich darin sogar noch übertraf. Das hatte ich besonders gern.

Wir trafen uns an der Strandpromenade, es war warm und windig, Kurpublikum spazierte paarweise und in kleinen Gruppen hin und her, von oben beschatteten hohe Bäume die Promenade, links lag das Meer hinter einer Rosenhecke, rechts säumten weißen Kurpensionen den Weg, in der Mitte spazierte ich neben meinem Begleiter; ich sah geradeaus. Noch war es nicht soweit, daß ich einen Mann unverhohlen zu betrachten wagte. Mein Begleiter sprach von Julien und Madame.

Meine Mutter hatte mir ein weißes Strandkleid geschneidert, der neue, steife Stoff scheuerte auf der sonnenverbrannten Haut.

Julien, sagte mein Begleiter, liebte Madame, schon ein halbes Jahr, aber in Wahrheit viel länger, wir können annehmen, daß es ein ganzes Jahr gewesen ist, das er gezögert hat, und schließlich, nachdem er den Weg zu ihr hundertmal in Gedanken gegangen war, stand er vor der Tür von Madames Gemach und wußte nicht weiter.

Der Seewind fuhr in meine weiten Armausschnitte und kühlte die heißen roten Stellen.

Unser junger Mann ist von Liebe gelähmt, fuhr mein Begleiter fort, alles in ihm verbietet ihm, weiterzugehen als bis zu dieser Stelle, das beginnt auf Seite dreiundsiebzig. Er wagt nicht einen einzigen Schritt, darüber vergehen Minuten, sie erscheinen wie Stunden, sie sind in Seiten zu zählen, zwanzig Seiten, während er den Atem anhält, den Finger erhoben, um an Madames Tür zu klopfen –

Was? fragte ich abwesend.

Das Meer war jetzt rechts und die Kurpensionen links, die Entgegenkommenden waren mehr geworden, sie schlenderten zu zweit oder zu dritt heran, junge Marineoffiziere in weißblauen Blusen und breiten Gürteln, an denen kleine Dolche auf den weiten Hosen baumelten.

Auf Seite vierundneunzig, sagte mein Begleiter, finden wir Julien noch immer an der gleichen Stelle, er steht vor dem Gemach von Madame bis zur Seite hundertacht, Minuten ziehen hin wie Monate, unser Held zögert –

Ich sah ihn nicht an, ich wußte, er hatte etwas Walfischförmiges, der warme Wind schlang sich um meinen Hals, die Marineoffiziere hörten nicht auf, uns entgegenzukommen.

Auf Seite hundertneunundvierzig, also fast fünfzig Seiten später, beschwor mich mein Begleiter, steht Julien immer noch vor der Tür von Madame, er kommt aber nur scheinbar nicht voran, in ganz kleinen, unmerklichen Schritten bewegt sich seine Seele nun immer weiter auf Madame zu, noch einmal fünfzig Seiten werden ihm dafür gegeben, ein Meisterwerk!

Geradezu auf Befehl bewegte ich mich im Rhythmus der Entgegenkommenden, in ihrem herausfordernd gedehnten Wiegeschritt; meinen Begleiter hatte ich vergessen, seine Rede hatte sich mit dem Schlagen der Meereswellen verbunden, ihrem schweren, trägen, unabänderlichen Takt, mit dem Julien endlich an die Tür von Madames Schlafgemach klopfte und mit dem ich den Matrosen entgegenging.

Liebe sei mit nichts zu verwechseln, behauptet Toma.
Das sagst du, weil es bei dir so kalt ist, behaupte ich.
Auch in Afrika verwechseln sie die Liebe nicht, sagt sie.
Weil es dort so heiß ist, sage ich.
Hier dagegen ist die Liebe nicht so leicht auszumachen. Wir haben auch selten Naturkatastrophen. Tiere halten wir in Gehegen. Auch über die Liebe kann hier nachgedacht werden. In wie viele Lieben wird man mitunter an einem einzigen Tag verwickelt! Drei bis sieben Liebesarten begegnen einem an Tagen, an denen man hellsichtig erwacht. Sonst ist es nicht immer leicht, sie zu erkennen.
Wieso? fragt Toma verständnislos, ähneln sie sich also doch?
Sowenig wie die Tiere im Zoo! Es kommt vor, daß jede einer anderen Gattung angehört. Oder eine Liebesart taucht in dir auf, und du hältst sie für Sinnestäuschung, eine Eßstörung oder einen Gedächtnisverlust. Du weißt gar nicht, was das ist. Sie schwirrt vor dir und bleibt auf einer Stelle in der Luft stehen, in Augenhöhe. Hundert kleine Augen hat sie, wo du eins hast und das doppelt. Sie hält kurz und fragend inne, und du ahnst: welch ein anderes Leben mit der Vieläugigen, die schwebt! Es kommt vor, daß dir jemand auf der Treppe begegnet und im Springen kleine Haken schlägt, auch wieder rückwärts hinaufspringt, dann gleich sechs Stufen abwärts auf einen

Sprung und dich verzaubert zurückläßt: Auch das könnte das Leben sein, ein Schmetterlingstanz. Dann rennt deine Freundin durch ein Sommergewitter über den Platz, durchsichtig wie ein junges Vögelchen, die Regentropfen platzen auf ihren Wangen und Schultern und schießen aufs Pflaster und durch dich durch der nächste Blitz – wie weiter –, und noch am selben Tag berührt dich jemand, scheinbar im Vorbeigehn, so vorsichtig und innig, daß du schon im nächsten Augenblick nicht mehr sagen kannst, wo, weil jede Stelle an dir seit langem auf diese Berührung gewartet hat.

Weiter! Weiter! flüstern und schreien meine Liebesmenschen im Schlaf, aus der Eiswüste, über den Ozean: Weiter!

Wie soll das eigentlich weitergehen?
Was denn?
Na mit uns. Im freien Spiel der Kräfte und Gewalten?
Hier?
Weltweit.
Ach so.
Na?
Sibirien und Amerika.
China!
Die Afrikaner, alle.

Plantagen voller Spitzwegerich.
China nur mit Konfuzius!
Sibirien nur ohne Gulag.
Marx samt Lenins zwölf freiwilligen Erhaltungschemikern.
Der Kommunismus als Idee!
Der Kapitalismus als Verheißung!
Das Goldene Zeitalter wird kommen!
Mein Opa steht im Schuppen und hackt Holz.
Ja!
Der Schuppen ist voller Holz gestapelt, außen auch noch drei Lagen Holz, an jeder Wand drei Lagen, macht zwölf Lagen.
Ja!
Ringsum Holzschuppen, es mangelt an nichts, die Hänge des Erzgebirges hinauf: nichts als Holzschuppen, goldene Schuppen voller Holz.
Weiter!
Mein Opa steht im Schuppen und hackt Holz.
Ja!
Einarmig.

Mandarin und Samurai, der Kaiser Mikado im Palast der gespitzten Hölzer, die Exerzitien der Balance, ich habe sie früh betrieben, schon als Kind gab ich alle Spiele auf für dieses, das den kindlichen Reflexen fremd und denen der Erwachsenen eine Herausforderung ist. Es beginnt mit dem Chaos und endet mit

seiner vollständigen Aufhebung: lautlos, kampflos, spurlos. Durch einen Exzeß präziser Zartheit.
So stellte ich mir damals das Leben vor, das sich einzuüben lohnte.

Und heute ist Sonntag, und die Welt ist, wie sie ist. Dabei sollte sie einmal bleiben, wenigstens für zwei Stunden. Roman schläft. Ich denke so leise, daß kein Stäbchen sich rührt. Und Roman atmet so leicht, geradezu atemlos, daß sich mein Holzhäufchen, nachdem ich es an meiner Statt auf meine noch warme Bettseite geworfen hatte, noch nicht ein einziges Mal bewegt hat. Du bist Zeuge, mein Heimlicher, Du nimmst Erschütterungen im Nanobereich wahr: Die Zeit steht still, und es herrscht reine fortdauernde Gegenwart. In diese hinein wird es mir erlaubt sein, meine Frage zu stellen. Nicht Dir, mein Ursprünglicher und Grenzenloser, Gott bewahre, kann ich Dir mit Fragen kommen, die eine Antwort wollen? Du bist unfaßbar, nennen wir es so, vergleichbar nur mit der Welt als Ganzes, die einen ja auch überfordert und nicht sagt, was sie von einem eigentlich will. Was will sie von mir? Will sie überhaupt etwas? Die Welt meint vielleicht gar nicht mich? Und für wen dann diese Gebärden, dieser Tanz, diese Lockrufe und Sperrfeuer, Explosionen vorne und hinten, Blut in Rinnsalen, in Lachen, im Rinnstein und dazwischen das Meer wie flüssiges Glas, das von wer weiß woher ge-

kommen ist? Sie zeigt ihre Einzelteilchen her, eine Exhibitionistin! Sollte es der Welt allen Ernstes egal sein, wen sie vor sich hat? Gelegentlich tut sie so. Das war einmal anders. Will sie mich prüfen? Die Welt als Ganzes scheint nicht mehr ansprechbar. Aber ich erinnere mich, daß sie mich seinerzeit in einem Getreidefeld zur Kenntnis genommen hat. Verlor sie das Interesse an mir? Bei welcher Gelegenheit? Habe ich es der Kastanorka etwa an etwas mangeln lassen? Sie will nur Spitzwegerich.
Oder weigert sie sich nur deshalb, als ein Ganzes zu erscheinen, um mich auf Lebenszeit zu beschäftigen? Eine Prüfung! Steh mir bei, mein Einziger, unsichtbar, wie Du bist, aber ansprechbar.

Denk nur, sagt meine Mutter, die mir den andächtigen Sonntagmorgen vermacht hat, einen Rest Religion, mit dem ich nun anfangen kann, was ich will.
Aber denk nicht zu viel!
Das mach mir vor! kann ich da immer nur sagen.
Andere streichen am Sonntag Fenster und Zaun, und die Welt ist in Ordnung, schlägt meine Mutter dann gern vor.
Fenster und Zäune werden nicht mehr gestrichen, das war gestern, Mama.
Dann putzen sie ihr Auto, das wurde immer sonntags vor dem Essen gewaschen.
Mama, Autowaschen ist längst verboten!

Dann springen sie eben von der Kirchturmspitze in eiskaltes Wasser und sind für eine Stunde vollkommen glücklich.
So weit soll ich es allen Ernstes treiben?
Ich meine nur, ein Weg findet sich immer, sonst wären wir doch alle längst ausgestorben.
Das ist meine Mutter, wir kennen uns aus dem Früher, als ich klein war, weiter kann ich nicht sehen. Ich weiß nur, sie kommt aus jenem Früher, als Krieg war. Woher sie wirklich stammt, werde ich nie erfahren. Ich liebe sie.

Die Weitsichtigen sind mir lange unter den Schaulustigen als die Lustvollsten erschienen. Das Verlangen, in die Ferne zu schauen, steigt mit den Lebensjahren immer häufiger im Innern auf. Anfangs wird die vermutete Welt nach Zeichen ihres tatsächlichen Vorhandenseins abgesucht. Später ist die erblickte Weite Verheißung von etwas Möglichem, das nicht genauer benannt werden muß. Es ist das Mögliche schlechthin, was bis zu einem bestimmten Erfahrungspunkt als Verheißung erscheint, jenseits von ihm als Bedrohung wahrgenommen wird. Fehlt dieser Punkt, aufgrund eines glücklichen oder eines einfachen oder eines unerschrockenen Naturells, dann sind die Lustvollsten unter den Schaulustigen auf Dauer die Weitsichtigen.

Über das Fehlen gibt es weit und breit nichts Genaues zu erfahren. Es fehlen sechs Gramm oder einundzwanzig Zentimeter oder vier Personen oder drei Minuten. Genaueres erfährt man nicht. Kein Mensch kann sicher voraussagen, was ihm zum Glück fehlt. Und zum Unglück, das weiß erst recht keiner.

Schließlich klebte eines Tages ein Zettel an der Tür mit der Aufforderung, die darauf angegebene Adresse noch am gleichen Abend aufzusuchen. Ich war nicht verwundert, geradeso als gehörten überraschende Wendungen fortan zum Alltag; ich war für sie bereit, nach allem, was sich damals in jenem Revolutionsherbst ereignet hatte.
Am Abend stieg ich das hohe Treppenhaus hinab, vorsichtig über die sanften Abdrücke, die die Kaninchen der Breinerkinder im Holz hinterlassen hatten, suchte in der Stadt nach der angegebenen Straße und fand die Tür der Stadtvilla sperrangelweit offen; auf den drei Etagen war es dunkel. Als ich in der dritten Etage läutete, kam kein Ton; ich pochte gegen die Wohnungstür. Ein Lichtschein schwankte aus dem Innern der Wohnung her auf die Türglasscheiben zu, es öffnete eine blonde Frau mit einer Kerze in der Hand. Stromausfall! lachte sie und bat mich, ihr zu folgen; gleich als sie sich umgedreht hatte, erinnerte ich mich an ihren großen Mund. Ich folgte ihr in mehrere Räume, Nischen, Gaupen, Ecken und Winkel,

das Kerzenlicht fiel auf einen Sesselkreis mit Sofa, eine Bettstatt voller Kissen mit Fransen, alles verband ein Pfad, auf dem sie mit schwingender Hüfte, die Kerze in der hochgereckten Hand, voranging und singend von ihrer Mutter sprach, die sie und ihre sieben Geschwister einst durch das brennende Dresden geführt, noch vier Nachbarskinder aus dem Luftschutzkeller geholt habe, und mit zwölf Kindern durch den Feuersturm gelaufen sei. Und den kleinsten der Nachbarsjungen, sagte sie mit plötzlich ganz hoher Stimme, drehte sich und ließ sich in das nächststehende Polster fallen, den habe sie vor vier Wochen zufällig wiedergetroffen, gleich beim ersten Ausflug hinter die frischgeöffnete Grenze hat er da gestanden, an der Autobahntankstelle Abfahrt Freudenstadt, als habe er da schon fünfzig Jahre auf sie gewartet, als habe er sie gesucht, was nicht leicht gewesen sein muß, denn sie sei einmal verwitwet und einmal geschieden.
Und hier! rief sie, warf ein Schlüsselbund auf das Rauchtischchen, wenn Sie wollen, denn ich verlasse morgen das alles, ich brauche nichts weiter!

Drei Wochen haben wir gebraucht, Roman, der Kater und ich, um ihr Vermächtnis bei Nacht in die Baucontainer der ganzen Stadt zu verteilen, den verbrauchten Überfluß eines Lebens, den die Liebe, ohne mit der Wimper zu zucken, liegenläßt, wann immer es ihr beliebt aufzukreuzen. Als die Wohnung leer war, erblickte ich die Tiere.

Sie sahen mir entgegen. Sie erinnerten sich nicht an mich. Ich war ihnen fremd wie all die anderen, die sich seit Jahr und Tag vor ihnen aufstellen, fremd, aber nicht neu. Ich war ihnen wie alle hier fremd und altbekannt.

Sie seien weit genug weg, mochte der Kater anfangs gedacht haben. Der alte Käfigtiger hatte das Brüllen eingestellt, verlor hin und wieder etwas Speichel und das Interesse am Publikum, das er einst am Tage seiner Eingitterung gewonnen hatte. Einige Versuche, ihn in ein modernes Areal hinein zu befreien, waren gescheitert. Er war als städtisches Symbol geboren und mußte in ihm fortexistieren. Triumphierend also suchte uns der junge, freie Kater gleich beim Einzug mit Auftritten zu fesseln. Er verfolgte den Aufbau des Kleiderschranks von mehreren Büchertürmen aus im Wechsel, ohne daß einer ins Wanken geriet; der Schrank wuchs, und der Beutetrieb blitzte in Popolos Augen auf.
Der Kater ist nicht normal, sagte ich zu Roman.
Er sah Popolo stolz und zärtlich an.
Ich wandte mich zum Fenster, um zu sehen, ob ich recht hatte. Die Dickhäuter bewarfen sich gegenseitig mit Sand.

Im nächsten Moment setzte der Kater zum Hochsprung an und landete mit einem weichen Geräusch auf dem Schrank. Er untersuchte ihn nur ganz kurz, um unsere Aufmerksamkeit nicht zu verlieren, setzte sich unverzüglich in die Mitte und rollte den Schwanz um die Pfoten.

So hat er es weitergetrieben, es ging so weit, daß ich die Kastanorka ohne Ansprache mit ihrer eintönigen Nahrung versorgte, um die Auftritte des Popolo als Hochspringer nicht zu verpassen, mit denen er sich Wurst aus dem Hängeregal eroberte, jedoch nur, wenn ich ihn dabei beobachtete. Sobald ich mich anschickte, ans Fenster zu treten, umschmeichelte er meine Beine und rief mich mit dringlichem Knuffen zu Zärtlichkeiten auf, und Roman koste meinen Hals abwärts und hat all seine zurückgehaltenen Worte in Kosen verwandelt, weil es so viele waren, in einen nichtendenwollenden, haarfeinen Kosestrom, in den haben er und das Tierchen mich sprachlos eingesponnen. Nachts schien der Kater sicher zu sein, sich meine Aufmerksamkeit mit niemandem teilen zu müssen, der sich als Artgenosse erwiesen hätte. Wenn sie dennoch, wie es ihre Art ist, in Sommernächten gelegentlich anfingen zu brüllen, zu schreien und zu trompeten, grub er rasch seinen weichen kleinen Kopf in meine Achselhöhle, spielte mit seinen Ohren und kitzelte mich mit seiner Zunge. Er wußte alles von ihnen und hielt es vor mir geheim.

Nur eine Woche nach dem Vorfall im Eisbärenbekken hatten sich die Tierfreunde an der am Zoo angrenzenden großen Wiese eingefunden, um sich von der Außenseite her an friedlicheren Geschöpfen zu ergötzen: jungen Kamelen, Zebras, Antilopen und Wasserbüffeln. Weit in der Ferne waren hin und wieder die Rücken der Eisbären hinter dem Felsgrat zu sehen, hinter dem sich das nächtliche Drama abgespielt hatte. Die Wasserbüffelkuh graste mit ihrem noch ganz frischen Jungtier vor den Besuchern, von denen sie ein Graben trennte, und die kleinen Kinder verfolgten mit entrückten Gesichtern das Junge. Auch wenn sein noch unbeholfenes Dasein nichts Aufregendes bot, so schien es doch Anlaß zu einer still erstaunten Identifikation zu sein. Dem innigen Mutter-Kind-Geraune näherten sich die schweren Huftritte des Bullen, der mit seinem breit ausladenden Geweih sogleich als die Vervollkommnung des Familienbildes begrüßt wurde.

Der Papa! riefen die Kinder.

Der Büffel gab ein tiefes Grunzen von sich, senkte die Stirn, schaufelte mit seinen Hörnern das Jungtier auf und wirbelte es durch die Luft.

Nahezu zeitgleich gellte ein gemeinschaftlicher Schrei über die Wiese, dem Verblüffung folgte. Das Jungtier war zurück auf den Boden geprallt und lag reglos da. Der Büffel setzte sich erneut in Bewegung, senkte den Kopf, im selben Moment pflanzte sich durch die

Besuchergruppe ein Herzstolpern fort, er rollte den widerstandslosen kleinen Körper vor sich her, versuchte ihn aufzuspießen und schleuderte ihn abermals in die Luft. Nach Sekunden der Lähmung brachen die versammelten Kinder in ein martialisches, verzweifeltes Schreien und Weinen aus, die Eltern fingen an, um Hilfe zu rufen, über Zoowiesen und Parkwiesen hin, drehten sich um die eigene Achse, schrien auf die schreienden Kindern ein, während das Muttertier mit unterdrückten gequälten Lauten dem Wüten des Bullen zusah und ein Rennradfahrer losgeschickt wurde, mit dem Auftrag, den Direktor des Zoologischen Gartens unverzüglich in Kenntnis zu setzten.
Worüber?
Über die spiegelbildliche Wirkung der Tierwelt auf das kindliche Besuchergemüt?
Über Gewaltdarstellung in der Freizeit?
Über die unzureichende Abrichtung seiner Zöglinge?
Über ein Unglück?
Nach zwanzig Minuten, das kleine schwarze Bündel war in den Graben gerollt, es atmete, von seiner Mutter von oben mit dumpfen Klagelauten gerufen, der Büffel drohte in den Graben hinunterzusteigen, die Kinder schrien mit der unerbittlichen Kraft von Säuglingen die tiefstehende Sonne an, nach zwanzig Minuten trödelten zwei Tierpfleger über den Rasen heran, tippten den Büffel mit einem Eisenstöckchen in die Flanke, kletterten in den Graben, packten das Junge

in einen Eimer, schubsten den Büffel nochmal in die Seite und entfernten sich grienend, die Kinder unter allmählich verschluchzendem Gewimmer, die Erwachsenen leer vor Erschöpfung.

Natürlich stimmt es nicht, daß sie nichts wissen. Ein Gedächtnis haben sie, damit läßt sich vermutlich denken, ein Erinnerungsdenken, ein Tagträumen wird es sein, in das alles, was sie wahrnehmen, hineinfällt wie Blätter in einen Fluß. Gelegentlich erhalten sie aus dem Mark ihres Seins einen Befehl zu Angriff oder Flucht, wofür ihr Gedankentraum kurzfristig unterbrochen wird, ehe er sich wieder einstellt, als wäre nichts gewesen. Aber eins ist sicher. Ich habe sie nun lange genug beobachten können, ich sehe sie am Tage und höre sie nachts; sie können mir nichts mehr vormachen: Unter Aufbietung aller ihrer Spuren von Intelligenz halten auch sie ihre Ratlosigkeit geheim.

Soweit ist es gekommen! habe ich meinem Leo geklagt, als sei er zuständig für Schrecken aller Art. Die Natur sei eben auch nicht unfehlbar, hat er geseufzt, es klang müde.
Stell dir vor, darling, jetzt scheint sie mir das Augenlicht auch auf dem rechten Auge nehmen zu wollen, dabei hat sie es links schon gleich bei der Geburt einbehalten. Kannst du dir soviel Dummheit vorstellen?

Ich sah ihn vor mir mit seinem Vergrößerungsapparat auf der Nase, den er beim Lesen trägt.
Leo! rief ich plötzlich, wie weit muß man sehen können, um die Außenwelt für weiter zu halten als die Innenwelt?
Es blieb einen Moment still, in der Mitte der Leitung zwischen unseren Kontinenten traf unser beider Freude aufeinander, so ist es mit Leo.
Wenn es stimmt, daß bereits beim jungen Erwachsenen das Gedächtnis die Wahrnehmung ersetzt, dann muß einer wie ich überhaupt nicht mehr sehen können, erwiderte er überrascht.
Ich hörte ihn kichern.
Darling?
Ja, Leo?
Sollte es so kommen, daß ich rechts nur noch so wenig sehen kann wie links, also unscharfe Umrisse, schemenhafte Flächen, so werde ich damit etwas anfangen. Ich werde die Umrisse füllen mit Erzähltem von dem, was ich inwendig sehe. Und ich sehe mehr, als sie da draußen aufgebaut hat, ganz unvergleichlich viel mehr. Stell dir vor, damit hat sie nicht gerechnet! Daß ich im Notfall auf ihre ganzen Kulissen verzichten kann. Dann bin ich es, der die Welt entwirft, spät, baby, aber hoffentlich noch rechtzeitig genug –
Für uns alle! rief ich verliebt.
Ich bin längst vorbereitet. Ich hab schon zwanzig Kassetten gekauft.

Fängst du schon an?
Bis es soweit ist, werde ich schon ein bißchen üben, weißt du. Sie wird mich jedenfalls nicht in Verlegenheit bringen, die Gute.
Ist das Ganze ein Kampf?
Das wär dumm, sie gewinnt ja doch.
Ein Spiel?
Ein Spiel, ja. Aber genießen kannst du es erst am Ende, wenn du mit einem Einsatz von achteinhalb Jahrzehnten aufwarten kannst, wenn es um alles geht und du trotzdem den Ausgang kennst. Das ist die Vereinbarung: deine endgültige Niederlage. Sobald du den Ausgang akzeptiert hast, kannst du alles, hast du alles. Du bist unschlagbar für den Rest deiner Zeit.
Mir fehlt alles, Leo, und ich weiß nicht, was!
Weil du so sehr lebendig bist, darling, hat Leo leise geantwortet.
Und das soll Leben sein, daß immer, immer, immerzu was fehlt?
Genau das.
Und das geht so weiter?
Genau so.

Damals, als Roman für Monate das Sprechen eingestellt hatte und mitten im Sog des Fortschritts innehielt und sich kleine Wirbel um ihn bildeten, da gingen Achtsamkeit und Zartheit von ihm aus wie ein

Wärmestrom, in den hat er alles Sagbare verwandelt, vom Unsagbaren ganz zu schweigen.

Die Weitspringer machen mir von den Athleten den angestrengtesten Eindruck. Alle anderen vollführen eine Geste ins Grenzenlose, die Hochspringer, erst recht die mit den Stäben! Die Läufer schössen euphorisch ins Blaue, finge sie nicht einer mit Stoppuhr an der Zielgeraden ab. Die Werfer scheinen nahe daran, ihrem Wurfgerät hinterherzufliegen. Hingegen die Weitspringer: Schon beim Absprung sichtbar verzweifelt, haben sie alle Kräfte zusammengerafft, um unser aller Lebenspflicht mit einem einzigen gewaltigen Schritt zu bekräftigen.
Ist es das? fragt sich der Zeuge noch während der Flugphase, nur Bemühung, nichts Lustvolles, Verspieltes? Nur Krampf?
Der Weitspringer indes preßt vom Kopf bis zu den Fersen, aus dieser gespannten Zange, in die er seine Absicht nimmt, die Frage heraus: Wie weit denn noch?
Ehe der plumpe Abdruck des Hingestürzten im Sand von diesem freigegeben wird, verläßt der Zeuge eilig den Ort, um das Bild des Scheiterns nicht mit sich fortzutragen.
Neulich gelang mir eine überraschende Beobachtung: Am Wochenende spaziert der Weitspringer in den Zoo vor die Känguruhs. Durch langes Betrachten

dieser Tiere macht er sich offenbar wieder von jeder Absicht frei.

Sitz still wie eine Maus im Schnee, du hinterläßt doch eine Spur! Also wozu lange zögern, mein Herz, prägen wir uns der Erde ein, wo sie noch unbetreten ist! Das sieht Toma ähnlich. Was machen wir nun?
Ich bin meiner Gefährtin immer ein Stück hinterher, schon als wir noch beide zum Osten gehörten, war sie mir voraus, und jetzt, da ich schon lange zum Westen zähle, bin ich noch weiter zurückgefallen. Sie ist in eine Richtung unterwegs, die weder damals noch heute auf einem Schild gestanden hat. Habe ich den Zeitpunkt für immer verpaßt, da wir beide aus dem Nomadenzelt hätten treten können, jung, sportlich und frei, um über die nordkaukasischen Steppen davonzureiten?
Vorwärts, Liebste! ruft sie, die Welt liebt Vorgaben, also gib sie ihr! Überlaß ihr nicht das Suchen und Entscheiden, das ist umständlich und kann danebengehen. Erspar den anderen Zeit und Irrtum, mach einfach die Vorgabe, kontrolliere nichts und drück die Wiederholungstaste! Und so weiter, und so alle, nach dem Vorbild der Wälder. So geht es vorwärts!

Manchmal geht es zu schnell, dann wieder zäh wie gegen Widerstand. Kürzlich ist es mir gelungen, den Physiotherapeuten bei der Arbeit zu sehen. Ich ging an der Praxis im Nachbarhaus vorüber, deren Fenster im Souterrain liegen und durch einen Lamellenvorhang vor Blicken der Passanten geschützt sind. Kurzzeitig, wahrscheinlich durch einen Bedienungsfehler, standen die Lamellen steil offen, und drinnen lag eine Frau, an deren Füßen der Therapeut arbeitete. Am Abend sah ich ihn mit seinem Hund die Straße überqueren. Ich versuchte, mit dem Hund einen Blick zu wechseln, was nicht gelang. Da erinnerte ich mich an die Füße der Frau, konnte mir aber ihr Gesicht nicht vorstellen, eine Nebensache. Ich kann mir so vieles nicht mehr vorstellen, es bleibt keine Zeit dazu, im Handumdrehn ist es irgendwo auf der Welt Wirklichkeit geworden, noch ehe meine Vorstellungskraft sich voll entfaltet hat. Sie hängt dann aufgeweckt wie eine junge Fledermaus irgendwo zwischen Himmel und Erde und weiß nicht weiter. Wohin mit ihr?

Ich versuchte also die Frau vergeblich in einer der Praktikantinnen wiederzuerkennen, die in ihrer Mittagspause über die Straße eilen. Ich kenne das Publikum; der Elefantenpfleger in seinem blattgrünen Overall ist mir vertraut, der böhmische Restaurator, der der Stadt etwas von ihrem alten Glanz verleihen soll, der ihm zu hell gerät, Haus für Haus, dem Vorbild ihrer großen Ära folgend, deren letzte Zeugen sie nur dunkel erinnern. Und regelmäßig begegnet mir auch der Therapeut mit seinem Hund mittags mit einer Alubox mit chinesischem Essen. Doch jedesmal weiche ich seinem Blick aus. Das bemerkte ich erst, nachdem ich jene Frau ausgestreckt auf der Liege gesehen hatte, während er an ihren nackten Füßen hantierte. In der Ecke unter einer Grünpflanze hatte der Hund gelegen und ohne sein Blindenhundgeschirr gänzlich nackt ausgesehen.

Manchmal frage ich mich, ob es möglich ist, vorbereitet zu sein. Kann der Mensch, ohne zu wissen, wie es weitergeht, vorbereitet sein? Es erscheint nicht logisch, aber was bedeutet das schon. Die Logik ist etwas zum Promovieren. Der Mensch, selbst der promovierte, lebt inwendig jenseits der Logik. Es kursierte eine grafische Darstellung folgender Aussage: Die Welt kollabiert im Jahre 2025. Ressourcen, Wachstum und Kontamination waren in farbigen Linien in ihrer zukünftigen Entwicklung dargestellt. Die Gleichzeitigkeit des Absturzes sämtlicher Linien hatte etwas unvergeßlich Faszinierendes. Ich habe es drei Jahrzehnte lang im Gedächtnis aufbewahrt. Ich weiß, es gab Zeugen: Tausende, Hunderttausende? Seit dreißig Jahren wissen wir es alle. Wir sind also vorbereitet.

Der Tag, an dem mich Leo nach Harlem führte, war mäßig kalt und klar. Es war der letzte von den drei schneidend schönen Tagen mit Leo, die mit unserer Begegnung auf den Türmen begonnen hatten, und ich hatte vor Freude für alle Menschen, die ich noch auf diese Weise kennenlernen würde, Geschenke gekauft. So bereitete ich mich auf die Zeit nach dieser Begegnung vor: Mir kamen die Unbekannten in den Sinn, die mir in Zukunft über den Weg laufen würden, und ich wollte sie jetzt sofort dazu einladen. Mein Rucksack war voll von kleinen Kostbarkeiten. Den Pharaonen wurden solche Sachen mit in die jenseitige Welt gegeben, damit sie sich nicht langweilten; ich halte solche Schätze für jene bereit, die noch in meinem Leben erscheinen werden. Sollen sie sich nach einem Leben in meiner Nähe sehnen, wie sich einst die Ägypter in das jenseitige mit all seinen Spielsächelchen sehnten!

Zeig her! sagte Leo in unserem Café im Village.

Es war ringsum hell, das Mobiliar weiß, die Rohre an der Decke und die Verpackungskartons ebenfalls, das Publikum auf selbstverständliche Weise wohlhabend, sorglos, beschäftigt, Universitätsleute, die am Nachmittag etwas vorhatten und dafür einen kleinen weißen Kuchenkarton mitnahmen. Ich stellte meinen schwarzen Rucksack mit den Pharaonensachen am kleinsten der Tische ab, einem freistehenden in der Mitte, und winkte Leo herbei, so nahmen wir miteinander wie auf einer Bühne Platz, eine Bühne meiner Erinnerung später, sagte ich zu ihm, und wir saßen einander eine Weile schweigend gegenüber.

Das kommt nicht wieder, dachte ich, sprach es aus, und Leo wehrte ab.
Das würdest du zu einem Jüngeren nicht sagen.
Ich gab es zu. Denn mit ihm kann immer alles nachgeholt werden, in derselben Zukunft, die man miteinander bewohnt. Es ist einigermaßen sicher, daß keiner den Raum verläßt, selbst wenn einer sich abwendet.
Das wär schön, seufzte Leo.
Aber weniger –
Na was denn, fragte er.
Weniger deutlich, sagte ich, mir scheint, Menschen der gleichen Generation nehmen einander immer ein wenig unscharf wahr. Als ob sie sich zu nah stünden oder zu fern. Irgend etwas ist dazwischen und löst diese Undeutlichkeit aus.
Nebulös, lächelte Leo, wer wohl?
Wir selbst? Vielleicht schiebt jeder immer das Bild von sich selbst vor den anderen, um zu sehen, ob es paßt, ob was fehlt oder übersteht. Um zu erkennen, wer er selbst ist.
Klappt es, baby? fragte Leo mitfühlend.
Lach nicht, weil du da raus bist, Leo! Wir suchen noch andauernd im anderen nach uns selbst, wir sind auf der Jagd, und keiner hält mal kurz still. Das Ganze bleibt verwackelt.
Du meinst, ich bin da raus, weil ich so eine starke Brille hab, darling?
Ich hatte meinen Kopf in die Hand gestützt, weit

über den Tisch zu ihm hingelehnt, lächelte ich ihn an, noch frisch verwundert, daß ein fremder Mensch innerhalb von drei Tagen in ein lange leerstehendes Zimmer meiner Seele eingezogen war.
Ich bin raus, sobald ich mit dir bin, Leo. Als ob du mich im Bild festhältst und aus der Zeit nimmst, ich bin aufgehoben in deinem Bild von der Welt, das ein anderes Format hat als die üblichen Knipsfotos zur Erinnerungshilfe. Auf einmal muß ich mich nicht mehr erinnern aus Angst, ich könnte verlorengehen. Ich fühle mich in deiner Nähe, als wäre ich für immer gefunden.
Ich fühle mich noch immer aufgeregt in deiner Nähe, darling, wenn du erlaubst.
Ich liebe dich, sagte ich, und umschlang über den kleinen Tisch weg Leos Hals, er fühlte sich hager an. Er legte seine großen Hände um meine Schultern. Ich bat ihn, so zu bleiben, wenn schon nicht für immer, so doch für ein paar Augenblicke, in denen wir ein lebendes Bild stellten, das ausdrückte, was ich ersehnte: Ein Mensch, der lange vor mir da war, umarmt mein Leben.
Als wir uns freigaben, ließen wir unsere Arme zurückschwingen und lächelten uns an. Gleich darauf flog eine kurze Taubheit durch mein Gehirn; meine rechte Seite, an der der kniehohe Rucksack gelehnt hatte, war leer.

Oh my darling! seufzte Leo; ich stand schreiend und weinend mitten im Lokal. Die Umsitzenden sahen mich mit Zurückhaltung an, als begriffen sie die Zusammenhänge nicht oder vollständig, Leo lehnte am Tresen und telefonierte mit dem Bankservice, dem Appartementoffice, dem Konsulat und der Fluggesellschaft, sobald er warten mußte, sprach er beruhigende Worte zu mir hin. Es schien nichts zu nützen, denn ich schrie weiter Flüche, Beschimpfungen, schließlich schrie ich nur noch: nein, nein, nicht mit mir, als teilte ich Fausthiebe aus, dabei liefen Tränen gerade an mir herunter, eine Dame erhob sich von ihrem Platz und näherte sich mir mit geöffneter Geldbörse, eine Lady, ich verstummte verwirrt, lehnte dankend ab, die Lady verließ das Café, und ich sah plötzlich, daß alle es gesehen haben mußten, die Tat, keinem hier konnte entgangen sein, wie er an diesem einzeln stehenden kleinen Tisch in der Mitte im Vorbeigehn den schwarzen prall gefüllten Rucksack mitnahm, genau in jenem Moment, den er voraussah, den er in meinem Gesicht sich abzeichnen sah, als sich meine Hände um Leos mageren Nacken legten und Leo für diesen einen Moment mein Leben umschlossen hielt, diesen hatte er abgewartet, und sie alle hier mußten es gesehen haben, mit angesehen. Ich war auf meinen Platz zurückgefallen und betrachtete sie erbittert durch den Schleier meiner unaufhaltsam fließenden Tränen, und sie ließen mich nicht aus den

Augen, obwohl sie so taten, als setzten sie ihre Gespräche fort, wußte ich, sie sahen die Szene in Zeitlupe vor sich: wie Leo mein Leben hielt und ich beraubt wurde.

Es war der Tag, an dem mich Leo nach Harlem ins Theater führen wollte, und ich sah mich nicht in der Lage dazu, ich weinte noch immer, die Tränen liefen mir haltlos aus den Augen, als müsse ich endlos etwas ausatmen, ein feuchter Dunst umgab mich mittlerweile, durch den ich nur verschwommen wahrnahm, während wir am Grunde der Straßenschluchten langsam uptown liefen, die Gebäudegipfel verbreiteten annähernd die Wirkung der ewigen Natur, und Leo erzählte von allen Überfällen, die er erlebt hatte, mehrmals kam er mit fremden Passanten ins Gespräch, um sie von ihren Überfällen berichten zu lassen. Die Berichte wurden bereitwillig, im Ton heiterer Gelassenheit gegeben, merklich nur auf Leos Anfrage, sie schienen sorgfältig im Gedächtnis abgelegt, in einem Winkel, zu dem die betroffene Person nicht freiwillig, sondern nur mit Grund vordrang. Das Sachliche dieser Berichte, die ohne Wertung des Vorgefallenen blieben, hob sich von meiner Verzweiflung ab, die neben ausgeraubten Wohnungen und Häusern einen beschämend geringen Anlaß hatte. So führte mich Leo behutsam am Arm die 5th Avenue aufwärts, mich, die ich nur noch verschwommen sah und immer neue Geschichten hörte, er führte mich bis hinauf nach Harlem, und im Foyer des Apollotheaters war mir die Umwelt durch meine verquollenen Lider so konfus erschienen, daß ich nur noch meine Hand vor Augen sah: sie war weiß.

Das Theater füllte sich mit schwarzen Besuchern, aus Erschöpfung hatte ich meine Auffälligkeit vergessen, dabei hatte ich schon so lange auf sie gewartet. Jetzt entging sie mir einfach. Leo ließ mich allein, um Erfrischungen zu holen. So tappte ich auf dem ersten Rang herum, zu einem noch leeren Flügel hinüber, ließ mich in einen der rotsamtenen Sessel fallen und starrte in den alten, prachtvollen, rotgoldenen Saal, als sich mir ein Platzanweiser näherte. Er neigte sich mir respektvoll über fünf Sessel hinweg entgegen, ein schwergewichtiger alter Mann, und fragte, warum ich weine, was mich überraschte: Tatsächlich weinte ich noch. Ich sei beraubt worden, sagte ich abwesend. Er entfernte sich, kehrte zurück, er ging schwerfällig, sein Haar war grau, ich glaubte es nun zum ersten Mal, daß auch Schwarze weiße Haare bekommen können, er kam näher, um mir ein kleines rosa Kästchen zu zeigen, ein simples Kinderspielzeug, er unterwies mich mit sanfter ächzender Stimme, wo ich drücken mußte, um zwei Figuren auf- und absteigen zu sehen, dann drückte er es mir in die Hand und bat mich, ein bißchen zu spielen und zu vergessen, denn was ich erlebt habe, sei nichts Böses, sondern das Leben, weiter nichts.

Vergiß nie, wie der Tag endete, ermahnte mich Leo neulich am Telefon.
Ich versprach es.
Dann wiederhole es jetzt, darling.
Hey, der Typ da oben auf der Galerie!
Yeah!
Hey, alter Junge mit deiner jungen Lady, ihr da oben!
Yeah!
Ihr seid die einzigen Weißen heute in diesem Theater!
Yeah!
In diesem grandiosen alten Haus!
Yeah!
Kommt runter auf die Bühne!
Yeah, rief Leo, und nun frag nicht weiter!

Manchmal sage ich mir: Es ist ganz natürlich, nicht vorbereitet zu sein. Die Natur sollte es so eingerichtet haben, daß die unvorbereitete Menschheit ebenso überlebt wie die Tiere, die ja ebenfalls nicht vorbereitet, um nicht zu sagen, extrem unvorbereitet sind. Was sie von etlichen Krankheiten verschont, die die Folge von häufigen Ernstfallvorstellungen sind.
Sei nicht vorbereitet! Rufe ich mich tapfer auf und warte, was geschieht.
Vorerst nichts weiter.

Eines Tages verschwand der Kater Popolo. Nicht am Ende einer Nacht, was mir das Herz gebrochen hätte, sondern am Ende eines Tages, was meinen Verstand überforderte. Ich konnte nicht weiterdenken.

Von der dreistöckigen Stadtvilla bis zum früheren Haus der Breinerkinder sind es nur zwei Kilometer, wir liefen sie immer wieder ab. Wie zwei Soldaten, einer hinter dem anderen. Ich lief voran, Roman folgte mir. Ein Kind fuhr auf seinem Trittroller neben uns her, bis es dämmerte. Es hatte keinen Kater gesehen. Es war klein und gesund und wartete auf Aufgaben. Es blieb noch lange unschlüssig stehen, nachdem es ins Haus gerufen worden war.

Sind es Jahre gewesen, die vergingen, seit er entlief? Der Kater war ins Nichts gerannt. Er hielt sich dort versteckt, wo die Vorstellungen aufgehört oder nie hingereicht hatten. Warum? Wollte auch er herausfinden, wer er war und wohin er geraten sei, worüber ihm sein Alltag mit einem Liebespaar nicht verständlich genug Auskunft geben konnte? Suchte er deshalb eine magische Handlung, um zu verstehen?

Es kam vor, daß ich Roman dabei überraschte, wie er stumme Zwiesprache mit der Schildkröte hielt. Er berührte nicht ihre zarte Kehle; in einer stillen Liebkosung umschloß er mit seiner warmen Hand ihren

Panzer, ihren breiten schimmernden olivfarbenen Schild voller vierzigfacher Achtecke. Er hielt sie lange, ohne ihr Entgegenkommen zu erwarten. Mir schien, als verbinde er sich mit ihrem andeutungslosen Schweigen. Als versuchte er sich so von der kraftzehrenden Selbstbeherrschung zu befreien, die ihn befähigt hatte, den Siegern das Wort zu überlassen. Die Selbstbeherrschung, der Stolz und das Schweigen, die Stärken des männlichen Kampfes, sie schwächten ihn heimlich. Er hockte am Boden und berührte den kühlen Schild der Kastanorka, unter dem sie ihre vollendete Kampfkunst verbarg: die gepanzerte Zartheit.

Letzte Woche bin ich kurzerhand die Stufen zur Physiotherapeutischen Praxis hinuntergestiegen und habe mich auf die Liege unter dem Fenster gelegt. Bald darauf trat der Therapeut in den Raum und zielgerichtet an das Fußende der Liege. Ich wagte weder ihn zu betrachten noch im Zimmer herumzuschauen, aus Scham, ihn leicht übervorteilen zu können. Wahrscheinlich war ich sicher, er würde mich heimlich doch dabei beobachten können. Jedenfalls fürchtete ich, meine Rücksichtslosigkeit würde irgendwie registriert, deshalb schloß ich die Augen, um mich gänzlich unsichtbar zu machen. Die Leere, in der ich mich plötzlich zusammen mit dem Physiotherapeuten wähnte, entsetzte mich. Er berührte meine Zehen.

Wer sind Sie? fragte er.
Ich blieb eine Antwort schuldig; er schien nicht überrascht und knetete prüfend an meinen beiden großen Zehen herum. Ich strengte mich an, meine Augen geschlossen zu halten, während ich in mir kreuz und quer nach einer Antwort auf seine Frage suchte.
Wo kommen Sie her?
Ruhig nahm er sich die zweiten Zehen vor, in mir nahm die Hilflosigkeit überhand.
Und was suchen Sie hier? Fragte er nach einer Weile ernst und gelassen interessiert, indem er meine beiden dritten Zehen ergriff.
Ich fühlte, daß es keinen Ausweg gab. Anstatt ihn im Gesamtbild der Erscheinungen jeden Mittag unbehelligt die Straße überqueren zu lassen, hatte ich es wissen wollen: Ist es das Dunkel oder das Helle, in das er blickt?
Wie ist es? brachte ich schließlich hervor, der Schweiß sammelte sich auf meinen Schienbeinen.
Was? Er arbeitete seelenruhig auf die kleinen Zehen zu.
Wie geht es Ihnen? fragte ich heiser.
Er schob seine zehn Finger zwischen meine Zehen und hielt sie mit ruhigem Druck.
Keine Angst! befahl mir der Physiotherapeut.
Ich blinzelte mit den Augen; mit einem Ruck hob der Blindenhund unter der Grünpflanze seinen Kopf und sah mich hellwach an.

Halten sie alle etwas geheim? Verrät keiner keinem, was ich auch nicht weiß? Und wer denkt für uns alle? Ich kann die Schweißperlen auf Romans Stirn zählen, sein Traumepos bewegt sich auf den Höhepunkt zu, die Ritterspiele sind vorbei. Jede Nacht zieht ihn eine andere Armee zum Militärdienst ein, er hat schon weltweit gedient, unter Rommel, dem Wüstenfuchs, in Napoleons letztem Heer, zum Falklandkrieg wurde er gezogen, in die Apokalypse Now gepreßt, an die Tschetschenienfront geworfen, von Tutsi und Hutu gelyncht, auf dem Gazastreifen angeschossen, die Zeit dazwischen sitzt er in berüchtigten Militärgefängnissen ab. Ich ahne, warum er Langschläfer ist: Er fürchtet, seine Träume werden wahr. Er rührt sich nicht und atmet flach, nur seine Schweißperlen rinnen aufs Laken. Ich lasse ihn weiterschlafen.

Einmal erschien mir Popolo im Traum, wie er aus dem türkisfarbenen Meer inmitten von Papageienfischen in die Höhe sprang, in einem Schweif von Wasserperlen.

Ich muß die Augen schließen in der schneeweißen Weite, aus der Toma mich ruft. Sie begutachte die letzten Reservate der Geschichte. Sie habe die zwölfte Armeesiedlung erreicht, lange verlassen auch diese, baustofflich teilweise intakt, architektonisch noch als Einheit erkennbar.

Kein Leben? frage ich zurück.
Menschenleer. In manchen Blöcken wird noch immer geheizt.
Stell es sofort ab, sei barmherzig, laß es sterben! flehe ich nach Sibirien.
Nichts von dem braucht Hilfe, kommt es prompt zurück, es geht seinen Weg. Das Reich der Inkas nahm sich der Tropenwald, den Kommunismus nimmt sich der Schnee. Das Eis konserviert alles. In Sibirien kann Stalin nicht entkommen und der erste Mensch im All nicht verlorengehen. Falls sie in hundert Jahren, verwirrt und endgültig ratlos, wieder nach ihm suchen sollten, dann werden sie westlich des Urals keine Spuren mehr finden. Der Westen ist zu hastig, überhitzt, zu klein und zu konkret. Das All weiß mit dem Westen nichts anzufangen. Meine Liebste! Das All lacht nur, wenn es vom Westen hört.
Ich höre sie lachen; in Sibirien rutscht der Schnee von den Bäumen.

Komm herüber, ich möchte dich noch einmal sehen, sagte Leo neulich nachts am Telefon.
Ich zögerte, was am Telefon verfänglich ist. Ich war hilflos, sobald ich eine Sekunde zu lange gezögert hatte.
So muß es sein, wenn man das Augenlicht verloren hat, sagte er.
Wie?

Wie telefonieren.
Ich konnte nichts sagen.
Genau so, sagte Leo nach einer Weile.

Das geht so nicht weiter.
Wie?
Ohne Traum. Traum von der Zukunft.
Was?
Traumlos geht nicht.
Ach so. Nein.
Traumlos ist wie tot.
Alptraum ist auch wie tot.
Alles ringsum lebt aber!
Und wie!
Alles, was lebt, das träumt von morgen.
Also heimlich!
Klammheimlich wird geträumt.
Verschämt, weil's zu schön ist, um wahr zu sein.
Utopisch!
Raus ins Freie damit!
Mein Opa hat nie aufgehört zu träumen.
Mit einem Arm!
Von zwei Armen.

Er kam mir entgegengelaufen, als seien wir verabredet, hinkend, mit einer nässenden Stelle am Bein und verklebtem Fell, ein Speichelfaden lief aus dem Maul, ein Reißzahn fehlte, an der Stelle hing die kleine rote Zunge heraus. Er trug ein Bändchen um den Hals, einen alten mürben Einweckgummi.

Du, der Du alles weißt!

Er stank. Die Milch, die ich weinend vor ihn hinstellte, verspritzte er rund um den Teller beim Schlecken. Zögernd steckte er seinen Kopf in den Kühlschrank, als ich ihn öffnete. Salami schien ihn zu beleben. Mit angestrengten Kopfbewegungen kaute er darauf herum. Dann sah er sich in der Wohnung um, schien sie wiederzuerkennen, bekam Durchfall mitten auf dem Teppich.
Es gab noch ein Tier in diesem Haus, und das Ende der gewagten Gesellschaftsepoche lag nun fünfzehn Jahre zurück.

Er säuberte sich nicht mehr, wir beschlossen, ihn zu baden. Roman bereitete zwei Schüsseln mit lauwarmem Wasser vor, faßte ihn mit der Linken im Genick und seifte mit der Rechten den stinkenden, stummen Popolo ein, die nässenden verkrusteten Hinterbeine, das vom Kot verklebte Hinterteil, die kleinen Hödchen, den vergilbten Bauch, und der Kater streckte die plötzlich langen dünnen Beine von sich, wurde immer dürrer und gab keinen Ton von sich. Roman hielt ihn unter die Dusche zum Spülen, wickelte ihn in ein Badetuch, rubbelte an ihm herum, an jedem Bein einzeln. Als er ihn losließ, stand das Tier auf hohen dürren Beinen da, die ein mageres, zum Buckel gekrümmtes Mittelstück hielten, das nasse Fell spießte zackig von ihm ab, wie kleine Haifischzähne, und nun wurden seine Gliedmaßen, der ganze erbärmliche Körper von einem Zittern geschüttelt, das ihm offenbar für den Ernstfall zur Verfügung stand, weshalb es noch niemand gesehen hatte. Noch ehe ich den wärmenden Fönstrom auf ihn richten konnte, entsprang er in die kalte Nacht.

Wie viele Nächte hatten wir ihn heraufbeschworen und tagsüber unter den Raubkatzen gesucht! Die Größe der Kreatur wird bedeutungslos im Rahmen der Herzensangelegenheit. Wir wähnten ihn unter Vögeln und Fischen auf der Suche nach seinesgleichen. Darüber hatte der stadtbekannte älteste Tiger sein Leben aufgegeben, das er noch ganz in einem Käfig verbracht hatte, sein ganzes Raubleben, was einzigartig war, und die ganze Stadt war Bürger für Bürger vor den letzten Käfigtiger hingetreten, um ihn anzuschauen. Die Tiere hatten sich nichts anmerken lassen. Sie machen sich nicht gemein.

Nach zehn Minuten kam er zurückgeschlichen. Schwarz vor Nässe, geschüttelt vom Zittern der Beine stand er in der Mitte des Zimmers. Wir schwiegen, von einer seltsamen Verstörung ergriffen. Roman hob ihn auf einen Stuhl, nötigte ihn zum Zusammenrollen, indem er seine Beine und seinen Schwanz zurechtbog, der Kater blieb in dieser Stellung. Wir betrachteten ihn. Er zitterte.

Am nächsten Morgen roch er fast so frisch wie eine junge Hauskatze.
Ich kaufte eine rote Plastikbürste und striegelte ihn damit behutsam, was er sehr gern zu mögen schien. Zwei Tage nach der Waschung roch er wie das Kinderspielzeug eines Erwachsenen: nach uraltem Heu. Wir hatten ihn wieder.
Wir gaben ein Fest, wir feierten den Tag seiner Erscheinung in jenem Herbst, seinen Biß, seine stolze Anhänglichkeit und seine innige Zeugenschaft. An diesem Abend verschlang Popolo die Innereien von sechs Calamares, wir lagen uns in den Armen, wie einst in seiner Gesellschaft, nie hatten wir ihn so herzhaft fressen sehen. Als wir nachts nach den Sternen sahen, hockte er an der Tür, hinter sich eine große rote Lache von Erbrochenem.
Am Morgen darauf näherte er sich, ohne von mir Notiz zu nehmen, unentschlossen der Schüssel, in der ich Fleisch zerdrückt hatte, nach langem Abwägen leckte er daran, nahm ein wenig Saft auf, blieb dann mit über die Schüssel gebeugtem Kopf sitzen, in

Gedanken. In dieser Stellung verharrte er, solange wir frühstückten. Er sah still vor sich hin.
Ich hockte mich neben ihn und begann mit der roten Bürste sein Fell zu striegeln, die Flanken, den Schwanz, den kleinen runden Kopf, der zu seinem mageren Körper besonders kindlich und schutzbedürftig wirkte. An diesem Morgen entdeckte ich eine ganz kleine kahle Stelle in der Mitte auf seinem Kopf, genau zwischen den Ohren. Er schien irritiert zu sein, wenn ich sie berührte, ich hörte auf ihn zu kämmen. Er tappte hinaus, setzte sich nach ein paar Schritten und sah vor sich hin. Manchmal ging ein Ruck durch den kleinen Körper, wie ein Aufstoßen.

Früh fanden wir ihn nun jedesmal schon eng an die Tür geschmiegt, er fing sogleich mit dem Schmeicheln an. Er hinkte nur noch selten, das Bein war trocken seit der Waschung und geheilt. Meistens ging er ganz normal, nur nie zielstrebig. Als strebe er nichts mehr an. Wenn er sich unbeobachtet glaubte, stand er gedankenlos im Raum. Zwischendurch gab es Stunden, da verschwand er aus dem Haus. Er kehrt zurück, dachte ich, war aber unsicher, wo dieses Zurück lag. Eines Mittags entdeckte ich seinen Platz im Haselbusch neben dem Haus, er saß unter dem Blätterdach und schaute sinnend nach draußen, wie jemand, der am Nachmittag ein bißchen aus dem Fenster schaut und die Leute beobachtet, die vorbeikommen. Er konnte weit hinübersehen. Bis zum Elefantenwärter. Er telefonierte mit Afrika.

Als ich ihn ein paar Tage später wieder lange gestriegelt und dabei sein verhaltenes Schnurren vernommen hatte, fand ich die kahle Stelle auf seinem Kopf pfenniggroß, sie sah aus wie ein Loch in einem alten, von Motten zerfressenen Bettvorleger aus Katzenfell. Er rührte kein Futter an. Als ich ihm eine Salamischeibe vor die Nase hielt, mußte ich ihn lange anrufen, bis er den Blick hob, ihn jedoch gleich wieder senkte. Er saß mit seiner kahlen Stelle auf dem Kopf vor seinem Napf und sah in gerader Linie über ihn weg durch die Wand hindurch in die Ferne.

Am selben Abend sprang er mit einem unerwartet hohen Satz auf meinen Schoß, kringelte sich zurecht, vorsichtig, umständlich, als schmerzten ihn seine Glieder, als müsse er genau überlegen, welche Pfote er zuerst einwärts drehen konnte. Es war, als habe er lange seine Erinnerung geprüft und dann von mir Besitz ergriffen. Vor Freude veranstalteten wir einigen Zirkus mit ihm, banden eine Schleife um seinen Schwanz und krönten ihn mit einem Helm aus Goldpapier mit zwei Schlitzen, aus denen die Ohren herausschauten. Er ließ es geschehen und schaute in die Ferne. Später sprang er von meinem Schoß, steuerte auf die Mitte des Teppichs zu, ich sprach ihn scharf an, er wich erschrocken ins Bücherregal aus, kroch in die hinterste Ecke, und schon rann ein Rinnsal dort zwischen den Büchern heraus, wo seine Goldkrone leuchtete. Roman zog ihn hervor, um ihn hinauszubefördern, der Kater hatte alle viere steif von sich gestreckt, für einen Moment sah er wieder so aus wie am Abend der Waschung.

Am Morgen saß er eng an die Tür geschmiegt, die Schleife noch am Schwanz.
Leise rief ich ihn bei seinem Namen.
Er reagierte nicht, seine linke Gesichtshälfte war eingefallen, das halbgeschlossene Auge näßte, das Fell am Unterkiefer war fahl und durchscheinend, der Knochen schimmerte durch.
Es war ein Sonntagmorgen, wie heute.
Sie hatten einen Toten im Eisbärenbecken gefunden.
Die liebe weite Welt ringsum: voller Erscheinungen, Lebensstücke, Tausendfüßler aller Art.

Und weiter? schreie ich hinüber über den Ozean.
Mein süßer Schlafgefährte, er erwacht.
Sprich weiter! flehe ich. Er rührt sich nicht, nur seine heiße Faust öffnet sich jetzt, zögernd, mir entgegen, jeder Finger einzeln.
Mach was, baby, eine kleine Handlung, brummt Leo aus seinem Überseeschlaf herüber.

Da liegt es, das Orakel, als Spiel getarnt, und ist längst ein Beschwörungsakt. Ich bitte jetzt um Stillstand, um Sammlung, Verdichtung, um die Erfahrung der reinen Substanz! Durch Mandarin und Mikado, Kuli und Samurai hindurch, durch den fragilen Palast unseres Daseins fädele ich meine nackten Arme auf seine warme Bettseite.
Höhepunkt und Abgrund, brummelt Leo, liegen gleich nebeneinander. Nur wenn wir gut sind, kriegen wir beide.
Ich lasse alle meine Finger zwischen seine gleiten. Etwas hat sich bewegt.
Weiter?
Weiter! kichert Leo schläfrig.

Du!
Du, Du, hier bin ich.
Du weißt es. Wenn nicht: hier bin ich. Ich meine Dich!
Mehr oder weniger unsichtbar sind alle, die wir eigentlich meinen.
Alles Sichtbare ist ein Versprechen.
Das Begrenzte weist auf das Weite hin.
Jeder Faßbare vertritt Dich.
Hier bin ich.
Ich meine Dich.